꿈을 따르는 술집

꿈을 따르는 술집

초 판 1쇄 2024년 05월 03일

지은이 이경창
펴낸이 류종렬

펴낸곳 미다스북스
본부장 임종익
편집장 이다경
책임진행 김가영, 윤가희, 이예나, 안채원, 김요섭, 임인영, 임윤정
일러스트 이상권
교정 김진주

등록 2001년 3월 21일 제2001-000040호
주소 서울시 마포구 양화로 133 서교타워 711호
전화 02) 322-7802~3
팩스 02) 6007-1845
블로그 http://blog.naver.com/midasbooks
전자주소 midasbooks@hanmail.net
페이스북 https://www.facebook.com/midasbooks425
인스타그램 https://www.instagram/midasbooks

ISBN 979-11-6910-634-4 03810

값 17,000원

🏃 **미다스북스**는 다음세대에게 필요한 지혜와 교양을 생각합니다.

술과 함께 꿈을 따르는 곳, 서울의 밤

꿈을 따르는 술집

글 이경창 그림 이상권

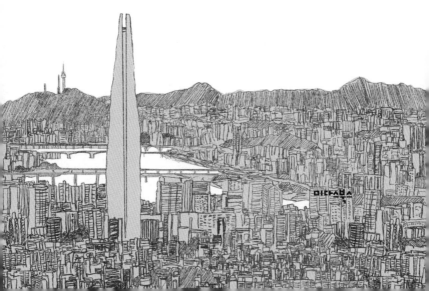

미다스북스

설렘을 안고 꿈을 찾아 서울에 뿌리 내린

모든 외로운 이들에게

목차

1. 첫 번째 밤, 초조주 009

2. 두 번째 밤, 서울의 밤 021

3. 세 번째 밤, 메뉴에 없는 안주 026

4. 네 번째 밤, 마감시간에 온 손님 043

5. 다섯 번째 밤, 술잔을 채워 052

6. 여섯 번째 밤, 꿈을 맡기는 주막 072

7. 일곱 번째 밤, 술 말고 다른 것도 있습니다 093

8. 여덟 번째 밤, 취중 진담 105

9. 아홉 번째 밤, 잔을 따를수록 흘러가는 시간 134

10. 열 번째 밤, 지나고 나면 추억이 될 서울 155

11. 열한 번째 밤, 서울의 밤을 차린 이유 165

12. 열두 번째 밤, 꿈을 찾아 떠나볼게요 178

13. 열세 번째 밤, 어서 오세요, 서울의 밤입니다 183

작가의 말 188

1. 첫 번째 밤,
초조주

"어서 오세요. 서울의 밤입니다."

문이 열리자, 주인장 민수가 반갑게 손님을 맞이한다. 두 남자가 들어온다. '용주'라는 군인과 그의 선배 광현이다. 5년차 직업군인인 용주는 논밭이 드넓게 펼쳐진 논산, 북한과 가까운 섬 백령도에서 각각 2년씩 복무했다. 두 곳 모두 본가인 경상도와는 멀다. 그래서 그로서는 고향에 한 번 간다는 것이 쉽지 않았다. 1년 전 근무지를 서울로 옮긴 용주는, 오늘 선배인 광현과 초조주를 마시기 위해 이곳, 서울의 밤을 찾았다.

초조주란 중대한 결과발표를 앞두고, 초조한 밤을 달래고자 마시는 술이다. 군대에는 한순간에 천국과 지옥을 오가는 두 가지 심사 결과발표가 있다. 하나는 진급 심사, 두 번째는 장기 복무 선발심사다. 진급 심사에 통과할 경우 계급과 함께 월급도 오른다. 물론, 책임도 그만큼 커진다. 장기 복무 선발심사에 통과할 경우, 월급이 오르지는 않지만 계약직에서 정규직이 된다. 용주는 내일, 이 장기 복무 선발심사 결과를 앞두고 있다. 결과에 따라 축하주 또는 위로주가 기다리고 있다.

용주와 광현은 하나 남은 테이블에 자리를 잡았다. 몇 분만 늦게 왔다면, 밖에서 기다려야 했을지도 모른다.

"딸꾹, 그러니까 말이야. 딸꾹, 흐름 다 끊길 뻔했어."

1차 술의 여운으로, 광현은 딸꾹질을 멈추지 못한다.

"하마터면 술 다 깨고 들어갈 뻔했습니다."

용주의 말투에, 민수가 묻는다.

"군인이신가 봐요?"

용주는 당황하며, 어색한 웃음을 짓는다.

"하하… 네, 나랏일 하고 있습니다."

용주는 자신이 군인임을 밝히기 꺼린다. 군인임이 밝혀지면, 쉽게 시비가 걸리고 '군바리'라는 조롱 섞인 명칭을 들어야 한다. 시비 거는 사람에게 뭐라 하고 싶지만, '대민 마찰'이라는 단어가 자물쇠가 돼 그의 입을 잠근다.

"나라 지켜주셔서 감사해요. 안주 많이 챙겨드릴게요."

민수의 온기 어린 말에, 용주는 긴장이 풀린다.

"감사합니다. 여기 잔치국수 두 그릇이랑 참이슬 한 병 주세요."

"네, 소주 먼저 드릴게요."

주문한 술이 나오자, 용주는 병을 잡고 이리저리 돌리며 회오리주를 만든다. 그러나 회오리 대신 기포만 생겨난다. 지켜보던 광현은 용주에게 말한다.

"야, 이리 가져와 봐."

광현은 소주병을 잡고 6시 방향으로 한 번, 9시 방향으로 또 한 번, 1시 방향으로 마지막 한 번. 소주병을 사정없이 돌린다. 잠시 뒤, 그는 쉬지 않고 회전하는 회오리를 선보인다.

"어때, 다르지?"

"와, 대박! 어떻게 하신 거예요?"

광현은 옆으로 늘어난 배를 잡으며 말한다.

"원래 술은 마시면서 배우는 거야. 내 배를 보면 알 수 있잖아. 이건 많이 먹어서 생긴 배가 아니야. 많이 마셔서 생긴 배지."

용주는 그 말에 맞장구를 치려다가 만다. 한참 정적이 흐른 뒤, 애써 웃음을 짓는다.

"하하. 그렇습니까?"

모호한 상황에서 일단 웃고 맞장구치기. 5년의 짬밥 5년 끝에 터득한, 군대에서의 생존법이다.

광현은 용주의 잔을 채워주며 물었다.

"기분 어때? 내일 결과 발표인데 떨리지는 않고?"

용주는 근심을 감추지 못하는 표정이다.

"솔직히 잘 모르겠습니다. 당연히 합격하면 좋죠. 그런데 합격 못해도 크게 아쉬울 것 같지는 않습니다."

광현은 의외라는 표정을 지으며 술잔을 테이블에 내려놓는다.

"왜? 네가 여기서 그동안 해온 것들을 평가 받는 순간 아니야?"

"맞습니다. 하지만 합격하는 순간 제 꿈과는 한 발짝 멀어질지도 모릅니다."

"네 꿈이 뭔데?"

용주는 고개를 바닥에 떨군 채 조용히 말한다.

"하고 싶은 거 하면서 사는 겁니다."

"그 하고 싶은 건 뭔데?"

"아직 찾는 중입니다. 확실한 건, 평생 군인으로 사는 게 꿈은 아니라는 겁니다."

용주는 '친구 따라 군에 간' 사례다. 그는 삼수 끝에 대학의 문을 밟았다. 수험생으로 3년을 보냈건만, 원하는 결과는 얻지 못했다. 더 이상 지체할 수 없다는 생각에, 그는 가능한 선에서 가장 나은 대학을 선택했다. 친구들이 군 생활을 마치고 복학할 때쯤, 용주는 '신입생'이라는 이름으로, 자신보다 어린 선배들의 환영을 받았다. 그 환영 인사는 자신의 늦은 출발을 뼈저리게 느끼게 했다. 자존심이 강했던 용주는 군에서도 '출발이 늦은 자'는 되고 싶지 않았다. 그래서 대학 동기의 제안에 끌렸고, 부사관과 병을 지휘하는 장교 선발 심사 ROTC에 지원했다. 장교로 군에 입대하게 되면, 최소한 자신보다 어린 친구들의 명령에 복종하지 않아도 된다. 그의 군 생활은 그렇게 시작됐고 어느덧, 이곳에서 서른을 맞이하고 있다.

광현은 용주의 빈 잔에 술을 따르며 말한다.

"용주야, 네 고민도 이해해. 그런데, 군대가 감옥이라면 밖은 지옥일 거야. 물론 지금도 윗사람 비위 맞추랴, 머리도 짧게 자르랴, 당직 근무 서랴 힘들겠지. 그래도 월급 꼬박꼬박 나오고, 숙소도 주잖아. 이만큼 안정적인 직장은 없다고 생각해. 나가면 월세부터 시작해 다 돈이잖아. 언제 잘릴지도 모르고… 나라면 계속 군 생활할 것 같아."

용주는 어제 봤던 SNS 속 또래들을 떠올린다.

"그런데, 사업하는 제 또래들은 비싼 시계랑 외제 차 타고 다니던데요. 그걸 보면 제가 참 초라해 보입니다."

"사업을 한다고 하더라도, 성공하는 사람은 극히 일부야. 요즘 젊은 친구들이 사업해서 번 돈으로 외제 차 끌고 다니는 걸 보면 혹할 수도 있겠지만, 그건 딱 한때라 생각해. 사업이 계속 잘 될 거라는 보장이 없잖아. 나는 외제차 살 돈으로 적금이나, 투자를 해야 한다고 생각해. 우리는 부귀영화를 누리지는 못하지만, 중간은 갈 수 있잖아. 퇴직하고 연금 받으면 되니깐 말이야. 그때부터는 새로운 네 삶이 시작되는 거라고. 정 나가고 싶다면 20년 채우고 연금 받을 수 있을 때 나가는 게 더 낫지 않겠어?"

"선배 말씀도 맞지만, 갈수록 제 상품 가치는 떨어지고 있다고 생각합니다. 어린 친구들은 계속 치고 올라오는데, 제가 사장이라도 어린 친구들을 처음부터 키우는 게 낫지요. 제가 벌써 서른인데, 저를 뽑을 것 같지는 않습니다. 그래서 고민할수록 자꾸 저만 뒤처지고 있다는 기분이 듭니다."

"그럼 왜 지원했어? 지원서 내지 말고 전역하면 되잖아."

취기가 더해진 용주는 꾹꾹 눌러 담았던 말들을, 증류시키지 않고 입 밖으로 쏟아낸다.

"사람들 시선 때문이었어요. 제가 유리한 조건에서 선발될 수 있도록, 다른 사람이 받을 수 있는 공들도 제 이름을 앞에 넣어 밀어주셨잖아요. 이제 와서 안 한다고 하면 그분들 볼 면목도 없고, 죄송한 마음이 클 것 같아요."

"야. 그건 그만큼 네가 더 눈에 띄고 잘해서 주는 거야, 네가 못했으면 받고 싶다고 말해도 안 챙겨줬을 거야."

용주는 계속 고개를 숙이며 말한다.

"어느 집단이나 선발에서 떨어지면 그 사람을 실패자로 보는 경향이 크다고 생각합니다. 사람은 결국 인정받고 싶어 하는 동물이잖아요. 실패자가 되기 싫어, 꼭 선발돼야겠다는 기분이 들기도 하고요. 선배는 꿈이 군인이셨습니까?"

예상치 못한 용주의 질문에 광현은 한참을 고민한 뒤 말을 꺼낸다.

"내 꿈이 뭐였는지는 나도 잘 모르겠어. 내가 생각하기에 군대가 다른 곳보다는 합리적이라 생각해 계속 있는 거야. 학벌보다는 이곳에서 어떤 발자취를 남겼느냐를 더 중요하게 보는 곳이잖아."

"그래요? 별은 다 사관학교 출신들만 달잖아요."

"그건 그렇지. 그런데 사관학교 외에는 다 같다고 봐. 스카이도 별 차이 없잖아. 인서울이든 아웃서울이든 이곳에서는 성과로 평가하잖아."

지방대 출신인 광현에게, 이곳은 기회의 장이었다. 적어도, 편견 없이 같은 선상에서 출발할 수 있었으니 말이다.

"밖에서는 아무리 마음을 다잡고 열심히 하려 해도 지난날에 내가 쌓아오지 못했던 것들이 자꾸만 내 발목을 잡고 꼬리표처럼 따라다니거든. 이곳에서는 현재의 내 모습이 평가받잖아. 나는 그 사실이 마음에 들더라고. 결국 사람마다 언제 철들지 시기는 다 다른 거니깐."

광현은 채우지 못한 과거를 아쉬워하며, 그 마음을 잔에 채워 털어버린다. 병들이 책상 위로 하나씩 쌓여갈 때쯤 광현은 다시 한번 용주에게 묻는다.

"결론이 뭐야, 장기 선발되고 싶다는 거야, 안 되고 싶다는 거야?"

"저는 하고 싶지 않습니다. 정처 없이 이곳저곳 떠돌아다니며 역마살 깃든 삶도 이제는 지치고요. 무엇보다 저랑 잘 안 맞는 것 같아요. 저도 기댈 수 있는 보금자리를 찾고, 이제는 정말 제가 하고 싶은 게 뭔지 찾고 싶습니다."

"그래? 내일 그러면 떨어지는 편이 속시원하겠네? 만약 붙으면 어떡해?"

당황한 기색에 용주는 말한다.

"붙으면 어쩔 수 없지 않겠습니까. 제가 한 선택에 책임은 져야 하니 말입니다."

"그래. 대신 네가 한 선택이니 후회는 하지 않았으면 좋겠어. 후회 가득한 마음으로 일을 하다 보면, 함께 일하는 동료들도 함께 축 처질 수 있거든. 오늘은 이쯤에서 정리하자. 중요한 일이 있을 때 필요한 건 맑은 머리지, 술에 취한 머리가 아니니깐."

술이라는 게 당장 발표를 앞둔 초조한 마음은 달래줄 수 있지만, 과하면 독이 된다는 것을 광현은 그동안 많이 봐왔다.

"기회가 왔을 때 기회를 잡으려면 항상 준비가 돼 있어야 해. 어디에 가도 마찬가지야."

광현은 여러 후배에게 초조주를 사줬지만 떨어지기를 바라며 사는 건 처음이다.

"네. 명심하겠습니다."

"만약 떨어지면 축하주는 네가 사고, 붙으면 내가 위로주 살게. 어떤 결과가 나오든 간에 볼 만하겠는데."

"그때는 제가 꼭 대접하겠습니다. 못난 후배 매번 신경 써주셔서 감사합니다."

그들의 이야기에 공백이 생길 때쯤, 주인장 민수는 안주를 추천한다.

"황태 미역국 드셔보실래요? 마침 재료가 있어서요. 내일 출근하셔야 하니 해장에 이만한 게 없을 거예요."

용주는 놀란 표정으로 묻는다.

"황태 미역국이요? 그게 있어요?"

광현은 의아한 표정으로 용주에게 묻는다.

"그런 게 있어? 먹어봤어?"

용주는 신이 나서 대답한다.

"네 서울에서는 미역국하면 소고기 미역국이나 조개 미역국이 흔한데, 경상도에서는 황태 미역국을 먹습니다. 고향 토속음식이죠. 저도 해장할 때 자주 먹었고요."

"그래? 그럼, 한번 먹어보자."

민수는 웃으며 답한다.

"네, 금방 준비해 드릴게요."

잠시 뒤 민수는 황태 미역국을 내어온다.

"누구 생일은 아니지만, 황태 미역국이에요. 서울에서
는 맛보기 힘든 음식이죠."

용주는 이곳 서울의 밤에서 오랫동안 먹지 못했던 집밥
의 향수를 느낀다.

"말씀을 살짝 들어보니, 경상도 분이라는 게 단번에 느
껴지더라고요. 두 분 직장에서 입으시는 옷도 이 미역국
과 색깔이 비슷하잖아요. 그래서 준비해 봤어요."

광현은 미역국을 가만히 쳐다보다가 입을 뗀다.

"사장님, 그런데 이 친구 내일 중요한 발표를 앞두고 있는데."

용주는 말한다.

"설마."

흐뭇하게 웃으며 민수가 말한다.

"좋은 결과 있기를 바라요."

2. 두 번째 밤,
   서울의 밤

　동네 이름은 '봉천동'이지만, 사람들은 '서울대입구역 부근' 혹은 '샤로수길 인근'이라는 표현을 더 선호한다. 농담인지, 고백인지 "대학교인 줄 알았다"라고 많은 이들이 털어놓는 '낙성대'역 옆에 붙어있는 서울대입구역. 6번 출구로 나와 길을 한 번 건너고, 큰 길가 주상복합 뒤편 밥집과 밥술집, 술밥집이 섞여 있는 '먹자골목'과 3~4층으로 키가 비슷한 붉거나 흰 벽돌집들이 모여있는 속칭 '빌라촌' 사이 어딘가에, 낮이나 밤이나 '서울의 밤'이 자리를 지키고 있다.

　민수는 열 평 남짓한 이 작은 가게에서 의자 네 개씩이 놓인 네 개의 식탁을 운영한다. 총 16석의 작은 술집이다. 문을 열면, 네 개의 둥근 테이블 뒤에 디근(ㄷ) 자 형의 작은 주방겸 바가 보인다. 그 앞에 의자가 몇 개 놓여있다. 혼자 오는 손님, 또는 단둘이 오는 손님을 위한 자리임을

y

알 수 있다.

서울은 외로운 도시다. 지금보다, 남보다 더 잘살아 보겠다며 정든 고향을 떠나 서울에 올라온 사람들이 많다. 하지만, 그런 이들을 맞이하는 서울의 밤은 기대와 달리 쓸쓸하고 차갑다. 고단한 하루를 끝내고 지친 몸을 끌며 들어간 집에, 따뜻한 밥상이 차려져 있는 것도 아니다. 어두운 방 안에 홀로 불을 밝히고 저녁을 준비해야 한다. 그러다 보니 저녁을 아예 거르거나, 김밥 한 줄, 컵라면으로 끼니를 때우기도 한다. 주머니 형편이 좀 넉넉하다면 배달 음식을 먹기도 한다.

하지만, 무엇을 먹든 혼자 먹는 저녁 음식은 목으로 잘 넘어가지 않는다. 빈 공간에 사람 소리를 채우고자 티비도 켜보고, 스마트폰도 들여다보며 디지털 세상 속 사람 냄새라도 맡아보려 한다. 하지만 거기서 새어 나오는 소리는 냉기 어린 기계음일 뿐, 온기 넘치는 사람 소리는 아니다.

그럴 때 사람들은 '서울의 밤'을 찾는다. '서울의 밤'은 혼자 와도 눈치 보지 않도 되고, 1인분만 주문해 편안하게 먹을 수 있는 곳이다. 무엇보다 사람 냄새가 배어 있는 집이다. 이곳에서는 대화를 방해하지 않는 선에서 아이유가 다시 부른 '개여울'이나 산울림의 '내 마음에 주단을 깔고'와 같은 주인장인 민수 취향의 독특한 플레이리스트가 흘러나온다.

그러나 날이 밝으면, 이 술집은 지난 밤 꿈처럼 자취를 감춘다. 이곳은 9시 뉴스 시간에 문을 열고, 새벽 닭이 울 무렵인 3시에 문을 닫는다. 날이 밝으면, 이곳은 국수 전문집으로 바뀐다. '서울의 밤'은 민수가 월세를 아끼기 위해 국숫집 사장에게 특별히 허락 맡아 밤에만 운영하는 술집이다.

준비된 안주가 많지는 않다. 잔치국수, 계란말이, 오뎅탕, 두부김치. 이 4개가 전부다. 이것만 가지고 장사가 되겠냐는 사람들도 있지만, 주인장 민수가 이 4가지 안주로만 승부를 보는 것은 아니다. 매번 똑같은 안주를 만들지는 않기 때문이다. 여름에는 시원한 얼음이 담긴 수박화채가 나오기도 하고, 겨울에는 싱싱한 굴이 등장하기도 한다. 그렇기에 제법 단골손님도 생겨났다.

'이 가게가 어떻다'라고 명확히 설명하기는 쉽지 않다. 서울의 밤은 속칭 '카페인', 즉 카페, 페이스북, 인스타 등에 소개될 만큼 기막힌 맛집도 아니고, 인테리어가 예쁜 멋집도 아니다. 이곳은 아주 투박하다. 그 투박함 속에도 은근한 연출이 깃들어있는 듯하지만, 누구나 가능할 법한 수준의 인테리어다. 무엇보다, 이 집의 최고 인기메뉴는 주인장 민수다. 검은 반팔 셔츠와 검은 바지, 갈색 앞치마. 그 옷차림은 민수 특유의 소박함에 투박함을 더한다.

주인장 민수에게는 특별한 능력이 있다. 술집을 하며 귀밝이술을 매일 밤 마신 것인지, 귀가 아주 밝다. 어느 정도냐 하면, 주변의 소음 사이로 손님이 은밀히 통화하는 소리까지 들을 수 있을 정도다. 초능력에 가까운 이 청력으로, 그는 손님들의 이야기에 귀를 기울인다.

그렇기에 민수는 오지랖이 아주 넓은 사장이기도 하다. 그러나, '민수표 오지랖'은 거부하기 어렵다. 한겹한겹에 진심이, 손님을 위로하고 싶은 마음이 한숨한숨 드러나기 때문이다. 그는 손님들이 주인장에게 들려주는 고된 하루 이야기뿐만 아니라 손님들끼리 하는 이야기에도 귀를 기울인다. 그들이 정신없이 대화를 나누는 가운데, 민수는 메뉴에서 찾아볼 수 없는 아주 특별한 안주를 손님들에게 서비스하기도 한다.

　서울의 밤의 특장점 중 하나는 술값이다. 소주와 맥주라는 메뉴와 '한 병에 삼천 원'이라는 가격이 5년째 그대로다. 들어서는 순간 마음이 편해지고, 그래서 되도록 많은 사람들에게 알려지지 않았으면 하는, 가끔 생각날 때 조용히 혼자서 또는 단둘이 오고 싶은 그런 동네 술집이다.

　슬리퍼를 끌고도 올 수 있을 법한 이곳에서 사람들은 다른 사람들 사이에 섞여 외로움을 달랜다. 그 속에 가만히 앉아만 있어도 사람의 온기를 느낄 수 있다. 그리고 이곳의 문이 닫히면, 그들은 무대에서 퇴장하듯 각자 자신들의 삶터 속으로 유유히 사라진다.

3. 세 번째 밤,
   메뉴에 없는 안주

민수는 평소처럼 하루를 시작하고 있었다. 재료를 손질하고, 발주에 이상은 없는지 한 번 더 확인하기. 그에게는 집보다 이 술집이 더 편한다. 반겨줄 사람 하나 없는 집과 달리, 이곳에는 이야기를 나눌 '술친구들' 즉 손님들이 있기 때문이다. 바닥에 빗질을 한 후 티슈 통에 티슈를 채우면, 문이 열린다. 오늘 서울의 밤 시작 종을 친 첫 손님은 승태다.

민수는 미소를 지으며 인사한다.

"오셨어요?"

"안녕하세요."

승태는 얼마 전까지 반도체 생산 지원 중소기업 직원이었다. 그러나, 지금은 백수다. 퇴직 전까지만 해도 그는 퇴근 후 홀로 이곳에 찾아와 따뜻한 잔치국수에 소주를 부드럽게 넘기며 하루를 마무리하곤 했다. 그러나 요즘 승태는 술이 마냥 부드럽게 넘어가지 않는다. 회사 밖을 나가는 날만 그토록 꿈꿔왔지만, 막상 회사를 나오고 나니 후련함보다는 공허함이 가득하다. 그에게 회사는 삶의 절반 이상을 보내온 곳이자, 눈 뜨자마자 향했던 곳이기 때문이다.

승태는 딸이 선물한 검은색 가죽 장갑과 목도리를 벗어 옆 의자에 건다.

"잔치국수 드실 건지요?"

"아니요. 오늘은 같이 마시기로 한 사람이 있어서요. 오면 주문할게요."

민수는 나지막이 웃음을 지으며 말한다.

"네, 그렇게 하세요."

잠시 후 승태의 직장 후배, 진수가 문을 열고 가게 안으로 들어온다.

"죄송해요, 선배. 많이 늦었죠. 그동안 잘 지내셨어요?"

"아니야. 나도 방금 왔어."

진수는 승태가 누구보다 아끼던 직장 후배다. 그가 처음 회사에 들어왔을 때 승태는 그의 사수를 맡았다. 그들의 인연은 20년이 지난 지금까지도 계속 이어져 왔다. 방

금 막 퇴근한 진수는 서류 가방을 옆에 있는 의자에 놓고
는 말한다.

"주문하셨어요?"

"너 오면 주문하려고 했지. 뭐 먹을까?"

"날도 추운데 뜨끈한 오뎅탕 어때요? 이거랑 계란말이
랑 같이 먹으면 될 것 같은데요?"

"그래, 그렇게 시키자."

"사장님 여기 오뎅탕, 계란말이 그리고 소주도 한 병 주
세요."

민수는 기다렸다는 듯 말한다.

"네, 금방 준비해 드릴게요."

승태는 한눈에도 묵직한 진수의 서류 가방을 바라본다.

"회사에 별일은 없고?"

진수는 한숨을 깊게 내쉬며 대화를 잇는다.

"말도 마세요. 이번에 회사에서 신규 추진하는 사업이
있는데, 제가 맡았거든요. 준비하느라 정신없어요. 딸은
집에서 아빠 찾는데, 퇴근하면 딸은 자고 있어요. 집에 가
면 11시가 훌쩍 넘어버리니깐요."

"너도 고생이 많구나. 부서에 사람은 좀 채워졌어? 우

리 같이 일했을 때도 한 사람이 두세 명 몫을 했잖아. 요즘에도 그래?"

"한 직장에 진득하게 오래 다니는 사람을 이제는 찾기 힘들죠. 선배 나가시고도 신입사원 들어오긴 했는데, 다들 얼마 못 버티고 퇴사하더라고요. 괜찮다 싶어 키워보려 하면 다른 곳으로 이직하고. 그러면 그 일은 남은 사람들 몫이죠."

"…."

"실수한 것 지적할 때도 눈치보며 해야 하는 세상이라니까요. 싫은 소리 좀 들었다고 퇴사해버리면 남은 사람들만 일을 떠맡잖아요. 월급을 더 주는 것도 아닌데 말이죠."

당연한 줄 알았던 게 이제는 당연하지 않은 세상. 진수로서는 도저히 적응해 나가기가 힘들다.

"그래도 나는 좋다고 봐. 아무 말도 못 하고 마음의 병이 커지는 것보다는 말이야."

진수는 그동안 쌓인 게 많았는지, 한숨을 크게 내쉬며 승태에게 하소연한다.

"물론 저도 자유롭게 자기 의견을 말하는 건 좋다고 봐요. 그런데 가끔은 그걸 악용하는 애들도 있죠. 나가면 회사만 손해인 걸 알고 있어요. 한번은 업무 지시하려고 불렀더니 대답이 없길래 자리에 찾아간 적이 있어요. 귀에 에어팟을 차고 졸고 있더라고요. 업무시간에 이게 뭐 하는 짓이냐고 불러서 뭐라 했죠. 그랬더니 뭐라 하는 줄 아세요?"

승태는, 한 맺힌 그의 말에 웃으며 답한다.

"뭐라던데?"

"잠깐 눈 좀 붙인 거라고, 노래 들으면서 일하면 능률이 더 올라간다고 하더라고요. 여기가 학교도 아니고, 어이가 없더라고요. 말대꾸나 다름 없잖아요. '나 때는 말이야~'라고 꼰대 소리하기는 싫은데, 이건 아니잖아요."

진수는 아직도 화가 난다는 듯 약간 씩씩거리며 말을 이어갔다.

"처음에는 실수였겠거니 했죠. 그런데 화장실에서 보니 신입사원과 전화 중이더라고요. 같은 월급 받는데 열심히 하면 손해라나요. 처음부터 기대를 낮추는 게 좋다고요."

"…"

"해도 해도 너무해요. 본인은 그렇다 하더라도, 열심히 일하는 사람들을 바보로 만드는 거잖아요."

"그런 부작용도 있었구나. 그건 몰랐네."

진수 역시 사직서를 주머니 속에 품고 다닌다. 연차가
쌓이고, 직급이 오르는 만큼, 불합리한 순간들도 늘어난
다는 것을 그는 뼈저리게 느끼고 있다. 뒤돌아보니 책임
져야 할 것들이 그의 어깨를 이미 무겁게 짓누르고 있었
다. 억울하고 답답해도 가족들 사진을 보면서 참을 수밖
에 없다는 현실에 깊은 한숨을 내쉰다.

"너도 고생이 많구나. 승진하고 싶었지만, 막상 하고 보
니 쉬운 자리가 아니지?

"네. 정말 쉬운 자리가 아니네요."

"선배가 예전에 밥 사주실 때마다 카드를 긁으셨잖아
요. 선배의 자리에 제가 앉아보니 알겠더라고요. 여유가
있어 매번 사주셨던 게 아니었단 걸 말이에요. 지금도 저
는 후배들과 점심, 커피 자리를 피하게 돼요. 꼭 제가 결
제해야 할 것 같아서요. 저도 선배님처럼 사주고 싶지만
애들 옷 입히고, 학원비 나가면 남는 게 없더라고요."

진수의 고민이 남 이야기가 아니라는 생각에, 승태는
안타깝다.

"진수야, 회사를 나오면서 알게 된 사실이 있어. 들으면 놀랄 걸."

"뭔데요?"

"너도 알다시피 난 정말 일터와 집만 오갈 정도로 회사가 전부인 사람이었어. 퇴근하고는 거래처 대접하느라 술 마시고, 주말에는 분수에 맞지 않는 골프도 쫓아다니면서 말이야. 그래도 좋았다. 사장님도 나를 자주 불러주고, 그 덕분에 다른 거래처 사장님들도 많이 알 수 있었거든. 주변 동기들과 비교해 급이 더 높은 기분이었지. 그곳에서 다른 회사 사장님과 함께 이야기하는 건 내가 유일했으니깐."

"그런데요?"

"그런데, 그러다보니 가정에는 소홀해질 수밖에 없더라. 일곱 살짜리 딸아이는 내 손을 잡고, 놀이공원을 가고 싶다고 매일 밤 울었지."

승태는 딸아이의 울음소리도 못들은 척했다. 주변 동기들과의 경쟁에서 밀려날 것만 같은 불안과 두려움은 그를 쉼 없이 달리게 했다.

"…."

"지금만 잘 버티면, 놀이공원 정도야 언제든지 같이 갈 수 있다고 생각했거든."

진수는 그의 말에 격하게 공감하며 말한다.

"선배 말씀을 들으니, 저도 애들이 스키장 가자고 했는데, 중요한 프로젝트 때문에 힘들 것 같다고 말했거든요. 그게 문득 생각나네요."

집에 돈만 잘 벌어다 주면 된다는 생각에, 그는 주말에도 집에서 찾아볼 수 없었다.

"언젠가 거래처 접대를 하고, 새벽에 술에 취해 집에 들어가니 아내가 울면서 말하더라고. 이럴 거면 결혼은 왜 하고, 아이는 왜 낳자고 했는지 말이야. 행복하게 해준다면서 지금 이게 행복한 거냐고 하더라. 나도 억울한 마음에 화를 냈지. 이러고 싶어서 그러는 줄 아냐고, 집에 돈 벌어다 주려 그런 거라고 반박했지."

해결의 실마리는 보이지 않고, 자꾸만 싸움이 잦아지자. 그는 가족과의 별거를 택했다. 얼마 뒤 이혼서류에 도장을 찍었다. 하나뿐인 딸은 전처가 맡았다.

진수는 안타까워하며 말한다.

"그런 일이 있으셨군요. 이제야 알았어요."

"너희들에게는 내가 최고의 선배였을지 몰라도, 가족들 앞에서는 형편없는 남편이자, 아빠였지. 그때부터 자꾸만 안 좋은 생각이 들더라고."

승태는 밀려오는 감정을 최대한 잊고자, 한동안 일에 미쳤다. 적어도 일에 집중할 때는 부정적인 생각을 비워 낼 수 있었으니. 그는 그렇게 서서히, 주말에도 출근하는 일중독자가 됐다. 퇴직 후 그는 텅 빈 공허함의 늪에 빠졌다. 그에게는 더 이상 남은 게 없었다. 그저 빈 곳을 술로 채울 뿐이었다.

"그랬군요. 선배님 그러신 줄 전혀 몰랐어요."

"진수야, 네가 당연한 줄 알았던 것들이, 당연하지 않은 세상에 살고 있다고 말했잖아. 이제 보니 그 시절 아무 말도 못해, 마음의 병이 커진 건 나더라고. 나도 분명 후배들에게 선배들을 통해 봐왔던 과정을 되풀이하며 누군가의 마음의 병을 키웠을 테고. 남들 기준에 맞춰 살다가 병이 난 것 같아. 그래서 지금은 나 자신과 친해지는 중이야."

진수는 망치로 머리를 얻어맞은 기분이다. 평소 승태를 존경해온 그는 승태의 길을 따라 걷고자 했지만, 한없이 넓어 보이는 그의 어깨 뒤에도 쓸쓸한 그림자가 있었으니 말이다. 그리고 자꾸만 출근 전 올겨울에는 스키장을 가고 싶다는 딸아이의 말이, 이명처럼 귀에 맴돈다.

승태는 옆자리에 놓아둔 검은색 가죽장갑을 진수에게 보여준다.

"이 장갑 있잖아. 우리 딸이 취업하고 처음 받은 월급으로 나한테 선물해 준 거다. 떨어져 살아도 연락은 하거든. 그런데 나는 아직도 함께 가지 못했던 놀이공원이 자꾸만 아른거려."

승태는 직장생활 간 끊임없이 자신을 속여왔다. 직장에서 돈을 많이 벌어와 가족들에게 돈을 가져다주는 것이 사랑을 표현하는 거라 생각하며 말이다. 그러나 가족들이 바랐던 건 돈이 아닌, 함께하는 시간이었음을 뒤늦게 깨닫는다.

진수는 승태의 말에 늦은 밤까지 일하던 본인의 모습을 떠올린다. 어떻게든 실적을 쌓아보고자 가족들의 연락을 뒤로하며, 업무를 하고 녹초가 돼 집에 오자마자 쓰러졌던 본인의 모습을 말이다. 또 함께하는 팀원들에게 야근을 강요했던 그의 모습을 다시금 떠올리며 반성한다.

기쁨의 술을 찾아서 왔건만, 마신 술병이 쌓일수록 삶

에 대한 회의가 쌓이고, 잔을 부딪치는 소리에 한숨이 새어나오는 듯하다.

승태는 답답한 실내에서 창문을 찾듯, 주인장 민수를 바라봤다.

"사장님, 오늘 다른 안주가 있을까요? 간단한 걸로요."

"만두 좋아하세요? 마침 재료가 있네요."

"네, 진수 너는?"

승태의 이야기에 충격을 받았는지, 진수는 대답이 없었다.

"진수야. 내 말 듣고 있지?"

"네, 선배 부르셨어요?"

"만두 먹을 수 있냐고."

"아, 네 저 만두 좋아합니다."

"만두 조금 부탁드려요."

잠시 후 민수가 직접 빚은 만두를 가져다준다.

"따끈할 때 드세요. 그래야 제맛이 나죠."

민수는 멍한 표정의 진수를 보며 묻는다.

"진수 씨, 맛 어때요?"

"맛있어요. 편의점에서 파는 만두랑은 차원이 다르네요."

"그럴 수밖에 없죠. 제가 직접 빚었거든요."

"두 분 이야기를 듣다 보니, 만두를 빚어드리고 싶더라고요. 마침 재료가 있길래."

눈이 휘둥그레지며 진수는 물어본다.

"저희 이야기가 만두랑 상관이 있나요?"

"그럼요. 만두가 처음에 어떻게 만들어진 줄 아세요?"

"중국에서 처음 만들어진 거 아니에요?"

"네 맞아요. 그런데, 중국에서 처음 만든 건 많이들 아시는데 그 시초를 잘 모르시더라고요."

"어떻게 만들어졌는데요?"

"중국의 제갈량에 의해 처음 만들어졌다고 해요."

"삼국지의 제갈량이요?"

"맞아요. 그 제갈량이요. 제갈량이 남만 정벌을 마치고 돌아오는 길에 심한 파도와 바람으로 인해 발이 묶여 돌아올 수 없는 상황에 놓였을 때죠. 사람들은 강에 사는 신이 노한 것이니 마흔아홉 명의 목을 베어 강에 던져야 무사히 강을 건널 수 있다고 했어요. 그러나 강을 건너기 위해 억울한 생명을 죽일 수는 없잖아요?"

"그렇죠. 그건 엄연한 살인이죠."

"그래서 제갈량은 속임수를 쓰기로 했어요. 밀가루로 사람의 머리 모양을 빚어 제사를 지내기로 말이죠. 밀가루 안은 소와 양의 고기로 가득 채웠어요."

"말도 안 돼. 그게 통했다고요?"

"그렇게 신에게 제사를 지내니 사람으로 착각해, 파도는 가라앉았다고 해요. 사람들은 제갈량이 바친 음식 때문에, 파도가 잠잠해진 것으로 생각했죠. 그리고 이것을 '기만하기 위한 머리'라는 뜻으로 '만두'라고 부르기 시작했어요."

새로 알게 된 사실에 흥미로워하며 진수가 묻는다.

"만두에 그런 유래가 있었군요. 그런데 그 만두와 저희 이야기가 무슨 상관이 있는 거죠?"

"두 분의 이야기를 듣다 보니, 진수 씨도 여기 있는 만두와 같이, 본인을 속이며 살고 있지 않을지 하는 생각에 말이죠."

"네? 저를 속인다고요?"

민수 역시 자신을 속이며 삶을 살아왔다. 경쟁에서 질수 없다는 생각에, 가면을 쓴 자신을 보여주기도 했다. 심지어 자기 몸이 보냈던 신호마저 무시했다. 그 속에서 '나'

라는 사람이 없어지고, 내가 아닌 '나'의 모습만이 자꾸만 커짐을 느낄 수 있었다.

"몸과 마음이 따로 놀고 있잖아요. '내가 정말 원하는 삶이 이게 맞는지' 의심하면서도 몸은 따로 놀고 있으니깐요. 저 역시 '나'라는 사람과의 거리를 좁히고자, 제 기준에 맞춰 삶을 살아가고 있고요."

그간 한 번도 '나'라는 사람에 대해 생각해 본 적 없이, 남들이 말하는 '괜찮은 길'을 달려왔던 진수는 오늘 처음으로 자신의 존재에 대해 진지하게 고민해 본다.

"또 재밌는 이야기 하나 해드릴까요?"

승태가 처음 민수의 이야기에 빠져들던 그날처럼, 진수도 점점 민수의 이야기에 빠져든다.

"네. 이야기해주세요."

"요즘 만두는 전자레인지에 돌리기만 하면 어디서든 먹을 수 있잖아요. 그런데, 사실 이 만두가 생각보다 손이 많이 가는 음식이랍니다."

"그렇죠. 집에서 직접 만두를 빚어 만들려면 만만치 않잖아요."

"요즘은, 그 의미가 변질되기도 하더라고요. 사실 만두는 속 재료 자체가 고기부터 시작해, 부추, 두부, 당면 기타 등등 준비부터가 아주 까다로운 음식이에요. 거기에 만두피까지 직접 하면 애정이 없다면 만들 수가 없는 음식이죠. 어쩌면 가족들이 진수 씨에게 바라는 것도, 냉동 만두가 아닌 직접 손으로 빚은 만두 같은 것 아닐까요?"

진수를 기다리던 가족들이 원하는 것은 편의점 만두가 아니다. 그들이 진정으로 원하는 것은 결과만 출력된 돈보다, 가족이 함께하는 시간이었으니 말이다. 그들은 그곳에서 진수의 애정과 정성을 간절히 기다리고 있었다.

진수는 하나 남은 만두를 젓가락으로 집으며 말한다.

"만두가 이렇게 매력적으로 느껴지는 건, 태어나서 처음이네요. 사실 딸아이가 출근 전에 저보고 스키장에 가고 싶다 했거든요. 너무 바쁘다 보니 한 귀로 듣고 한 귀로 흘렸는데, 사장님 이야기를 들으니 꼭 시간을 내서 같이 가야겠어요."

민수는 웃으며 이야기한다.

"그냥 술안주라 생각하시고 맛있게 드셔주세요. 언젠가는 술과 함께 휘발될 술안주라고 말이에요. 아마 술에서 깨면 오늘, 이 만두는 기억도 나지 않을걸요? 그래도 제 진심은 담겨있어요. 진수 씨가 가족을 생각하는 마음처럼 말이죠."

모든 것은 때가 있는 것이다. 민수와 승태가 그에게 전하고 싶은 것은, 지나고 나서 후회하는 것보다는, 그만은 가족과 함께하는 지금을 후회 없이 누리라는 것이다.

"감사합니다. 지금부터라도 가족과 함께하는 시간을 그저 흘려보내서는 안 되겠어요."

승태가, 시계를 확인하며 말한다.

"꼭 그랬으면 좋겠어. 시간이 늦었는데, 이제 각자 집으로 갈까?"

"네 좋아요! 사장님, 오늘 정말 감사했습니다."

민수는 미소를 지으며 말한다.

"또 놀러 오세요."

진수와 승태는 가방을 챙겨 일어난다.

"선배, 오늘 감사했습니다. 덕분에 잊고 있었던 저라는 존재에 대해 다시 생각할 수 있던 시간이었어요."

"아니야. 네가 고마워해야 할 대상은 이곳 주인장이지. 가족들 기다리고 있을 텐데 어서 들어가 봐."

진수는 그를 기다리는 가족들의 품을 향해 택시를 타고 간다. 승태는 집이 가깝기에, 딸이 선물한 검은 가죽장갑을 낀 채 걷기 시작한다.

4. 네 번째 밤,
마감시간에 온 손님

폐점시간을 앞둔 새벽 2시 30분. 가게 문이 열렸다. 용주였다.

"사장님, 아직 영업하세요?"

"이제 정리하고 들어가려고 하는데요?"

"그럼 마감 도와드릴 테니까, 저랑 술 마셔요! 내일 쉬시잖아요."

"그럴까요?"

민수도 근래 쉼 없이 일하느라, 한 달째 술을 마시지 못했다. 그렇기에 함께 술 마시자는 용주 씨의 제안은 달콤하게 다가왔다. 민수는 간단히 정리를 마치고, 두 사람의 술자리를 차렸다.

"용주 씨, 안주로 먹고 싶은 거 있어요?"

"배가 엄청 고프지는 않아요. 간단하게 먹을 수 있는 거 있을까요?"

"잠깐만요. 쥐포랑 노가리 있을 텐데 구워서 먹자고요."

민수가 약불에 쥐포와 노가리를 구우니, 쥐포 특유의 고소한 냄새가 가게를 감싸안는다. 민수는 접시에 안주를 담아 맥주와 소주를 꺼낸다.

"군인들 첫 잔은 소맥이죠?"

"어떻게 그렇게 잘 아세요?"

"손님들을 자주 관찰하다 보면 조금씩 특징이 보이더라고요."

민수는 무심한 척하면서도 손님들의 특징을 하나하나 기억하고 있었다. 그들의 이름을 다 기억하지 못하더라도, 얼굴을 보면 자연스레 그 사람이 원하는 술을 내놓을 수 있으니 말이다.

"역시 가게가 참 따뜻해서 정이 간다니깐요. 장사는 좀 어때요?"

"우리 가게는 단골손님 장사잖아요. 보시는 것처럼, 즐기면서 하고 있어요. 저는 이 일이 재밌거든요. 요즘에는 단골 손님들이 전보다 늘어나서 조금 바빠지긴 했지만요."

용주는 바빠지고 있다는 말에 기회다 싶어, 그가 이곳에 온 목적을 허심탄회하게 꺼낸다.

"그래요? 저 이곳에서 일해보고 싶은데, 알바로 써주시면 안 될까요? 급여는 최저시급만 받을게요."

"아직 군 생활하고 있는 거 아니에요?"

"저 이제 군인 아니에요."

"맞다. 진급 결과가 나왔나 보네요."

"네. 결과 나오고 짐 챙겨서 오늘 전역했어요. 그동안 사실 바빠서 휴가 쓸 시간이 없었거든요. 못 쓰던 휴가까지 쓰고 나니 정말 오랜만에 방학을 맞이한 기분이었어요."

"걱정 많으셨을 텐데, 생각 정리하는 시간도 가지고 좋으셨겠는데요. 그런데 갑자기 왜 여기서 일을 하고 싶으신 건데요?"

"사실 전역을 하고도 뭘 해야 할지 잘 모르겠더라고요. 불안하기도 하고 두려움도 컸어요. 어느 곳에 있을 때 제 시간을 가장 의미 있게 보낼 수 있을까 생각했을 때, '누구와 함께 일하는가?'가 가장 중요했죠. 그렇게 생각하니 이곳, 서울의 밤이 가장 먼저 떠오르더라고요."

용주는 그동안 군에서 했던 일을 살려 기업에 지원하고 싶었다. 그러나 총을 다루던 그가 군대 밖에서 할 일은 많지 않았다. 시간이 갈수록, 용주는 '하고 싶은 일을 하는 것'을 목표로 직장에서 나왔던 자신에게서 점점 멀어지고 있음을 느꼈다. 그는 항상 해맑게 웃는 민수의 모습을 보며 의아했다. 쉼 없이 돌아가는 서울이라는 도시에서, 일을 하면서도 저렇게 웃을 수 있다니! 그는 자신의 잃어버린 웃음을 이곳에서 함께 일하면 찾을 수 있을지도 모른다는 생각이 들었고, 결국 용기를 내 숨겨왔던 말을 꺼낸 것이다.

"…."

"6개월만 일해보면 안 될까요? 손해 끼치지 않게 정말 열심히 일할게요."

용주의 말에, 민수는 잠시 고민에 빠진다.

"지금껏 혼자서 운영해왔는데 식구가 한 명 생긴다? 생각을 좀 해봐야겠는데요. 그보다 괜찮겠어요? 알다시피 가게가 워낙 작다 보니깐, 말씀하신대로 최저시급밖에 드릴 수 없는데. 보시다시피 가게 사정상 남는 장사는 아니거든요."

"네. 괜찮아요. 당분간은 퇴직금을 쓰면 되거든요. 저도 여기서 사장님처럼 손님들과, 웃으면서 대화 나눠보고 싶어요."

용주의 심정을 이해하면서도, 민수는 걱정이 앞선다. 그의 걱정스러운 표정을 보고는 용주는 뜬금없는 질문을 던진다.

"사장님 혹시 학교 다닐 때 브이콘 드셔보셨어요?"

"그럼 알고 말고요. 어렸을 때 이가 상하도록 먹었는데 말이죠. 요즘은 마트에 가도 잘 없지 않아요?"

"요즘은 먹고 싶어서 찾으면 없고, 어쩌다 우연히 들른 곳에서 보이곤 하죠."

"그런데 브이콘은 갑자기 왜요?"

"요즘 과자들을 보면 과자를 파는 건지 질소를 파는 건지 모를 정도로 과대포장이 돼있잖아요. 하지만 브이콘은 달라요. 겉으로 봤을 때 비교할 수 없을 정도로 작은 과자인데 속은 그렇지 않다는 거죠. 브이콘은 과대포장 없이 과자봉지 안에 과자가 가득 차 있거든요."

용주는 겉만 번지르르하게 꾸며, 손님을 끌어들이는 술집에 지쳐있었다. 부푼 기대감을 안고 향했을 때, 기대에 대한 보상보다는 실망감이 언제나 컸으니 말이다.

"그런가요?"

"네. 제게는 이곳 서울의 밤이 브이콘이에요. 겉으로는 별로 흥미나 기대가 느껴지지 않는데, 속은 부족한 것 없이 가득 차 있거든요. 저렴한 가격, 집밥보다 맛있는 안주. 분위기에 맞게 흘러나오는 음악. 그리고 손님들 하나하나 특징, 이름을 기억하며 따뜻하게 반겨주는 사장님까지. 뭐 하나 빠질 게 없이 실속있게 가득 차 있다니깐요."

갑작스러운 칭찬에, 민수가 미소를 지었다.

"그렇게 봐주시니 감사하네요. 집밥보다 맛있는 안주라. 말씀은 감사하지만, 집에서 많이 서운해하시겠는데요?"

"집밥은 안 먹은 지 오래돼서요. 이제는 기억도 나지 않는걸요. 제게 집밥은 이동하는 곳마다 손맛이 조금씩 달라질 뿐인걸요."

그동안 용주는 반찬가게에서 반찬을 사와, 홀로 집에서 끼니를 해결했다. 그렇기에 5년의 군 생활 동안 용주에게 있어 집밥은, 사실상 반찬에 맞게 혀를 길들인 음식일 뿐이다.

"집밥을 해서 드시기 힘들 텐데. 그래도 잘 챙겨 드시나 봐요?"

"배달시켜 먹는 것도 하루, 이틀이더라고요."

무덤덤한 용주의 말에 민수는 짠한 표정을 짓는다.

"그럼 다른 곳에서 일해보신 경험은 있어요?"

"저는 고등학교 때부터 용돈벌이로 알바는 계속했어요. 예식장 서빙부터 음식점 서빙, 카페, 편의점까지 가리지 않고 다 해봤어요."

넉넉지 못한 가정환경에, 용주는 일찍이 돈을 벌었다. 그가 공부에만 집중하면, 응원하면서도 걱정하실 어머니가 떠올랐다. 그의 잃어버린 웃음은 그때부터였다. 죽어라 일을 해도, 안개가 걷히지 않는 어머니의 얼굴과 삶. 그것에 환멸을 느끼면서 말이다.

"주방에서 일해본 경험은 있어요?"

"주방은 서빙하면서 바쁠 때 설거지 돕고 했던 게 전부고, 따로 음식을 만들어 본 적은 없어요."

"그렇군요. 저희 가게는 크게 바쁘지는 않아서, 서빙 먼저 하면서 중간중간에 제가 안주 만드는 방법들 알려드릴게요. 그동안은 서빙이랑, 청소, 설거지들 좀 도와주세요. 그럼, 내일부터 나오실 수 있나요?"

용주는 그제야 긴장이 풀리며, 미소를 띠고는 말한다.

"네. 좋아요. 내일부터 나오겠습니다."

"8시에 출근해서 청소 좀 부탁해요. 저는 그때 미리 재료 손질하고 있을게요. 주방은 여기 있는 앞치마 쓰면 되고, 홀은 운동복만 빼고 단정하게 입고 와주세요. 시간도 늦었으니 들어가 봐요. 첫날부터 늦으면 예외 없는 거 아시죠?"

"저도 직장생활하고 했는데 절대 지각 안 하죠."

"이제 말 편하게 해도 괜찮죠?"

"네. 편하게 불러주세요."

"반가워, 용주야. 환영해. 우리 내일부터 잘해보자고."

"네. 책임감 가지고 정말 열심히 해볼게요."

홀로 일하던 민수에게 가족 같은 동료가 생겼다. 작은 가게에서 시킬 일이 그리 많지는 않다. 그러나 민수는 거절하지 않았다. 마감시간에 찾아온 용주의 모습이 낯설지 않았기 때문이다. 무엇보다 그에게서 자신의 옛모습이 보였고, 함께 잔을 부딪치며 낯선 이 도시를 위로할 술친구가 될 수 있겠다는 기대가 들었던 것이다.

5. 다섯 번째 밤,
술잔을 채워

용주는 약속시각보다 20분 일찍 출근했다.

"사장님 안녕하세요."

"어. 용주 왔네. 밥은 먹었어?"

"네. 간단히 저녁 챙겨 먹고 왔어요."

피곤해 보이는 용주를 보며 민수가 묻는다.

"새벽까지 일해야 하는데, 오전에 잠은 좀 잤고?"

"하루 만에 낮과 밤을 바꾸려니깐 쉽지는 않더라고요."

"하루 만에 시차 적응하는 건 역시 무리지. 내가 아직 저녁을 먹지 않았거든. 금방 저녁 먹고 올 테니까, 냉장고 안에 술 좀 채워줄래? 보면 같은 종류 술이 두 줄씩 나와 있어. 주문 들어오면 왼쪽 줄 술부터 먼저 서빙하고, 끝나면 오른쪽 줄 술 서빙하면 돼. 일단 술부터 채워줘. 금방 저녁 먹고 올게."

"네. 그렇게 할게요. 식사 맛있게 하세요."

선입선출. 유통기한이 얼마 남지 않은 녀석을 먼저 보내야 한다는 것이다. 모든 것에는 유통기한이 존재하고, 쓸모 없어질 순간이 가까워진 것일수록 빨리 내보내야 한다는 것이다.

용주는 유통기한을 보다 술병에 비춰진, 자신을 바라보며 말한다.

'언젠가는 나도 쓸모가 없어지겠지. 그러면, 이 도시에서 추방되겠지? 인생이 정확하게 선입선출이라면 어떨까?'

그는 인생이 쓸모에 의해 돌아간다는 것을 잘 안다. 먼저 왔다고, 굳이 먼저 나가야 할 이유는 없다. 그렇기에 서울에서의 삶은 기대보다는 걱정이 앞선다. 그는 이곳에 온 이유를 생각하기보다, 어떻게 하면 쫓겨나지 않을지 즉 이곳에서의 쓸모를 찾는다.

민수는 조용히 자리에 앉아 저녁을 준비한다. 밥에 간장과 참기름을 한바퀴씩 두르고 달걀부침을 하나 얹으면, 민수의 저녁밥이 완성된다. 간장계란밥. 장이 예민한 민수에게 최고의 저녁이다.

냉장고에 술을 채운 뒤 용주는 민수에게 물어본다.

"저녁은 보통 간장계란밥 해 드시나 보네요?"

"부담 없이 먹을 수 있어 좋더라고. 시간도 아껴주고 말이야."

"저도 학교 다닐 때, 아침밥으로 자주 먹었어요. 늦잠 자서 지각할 때마다 어머니가 항상 한입이라도 먹고 가라며 만들어 주셨거든요."

용주는 남아있는 밥을 한 숟갈 뜨고는 말한다.

"이상하게 간장계란밥은 매일 먹어도 물리지 않더라고. 세상의 모든 음식이 사라지고 한 가지 음식만 먹어야 한다면, 나는 간장계란밥을 선택할 것 같아. 술안주로도 부담이 없거든."

"그런데 왜 메뉴에는 없어요?"

"그 정도는 혼자서도 충분히 만들어 먹을 수 있는 음식이잖아. 굳이 메뉴에 넣을 필요성을 못 느끼겠더라고. 가끔 손님이 저녁을 안 먹고 왔으면 해드리지."

용주는 선입선출을 다시 떠올린다.

"필요가 없다면, 언젠가는 떠나야겠죠?"

"뜬금없이 그게 무슨 소리야?"

용주는 풀이 죽은 채 말한다.

"아니에요. 그냥."

"술은 다 채웠어?"

"네 다 채웠어요."

"그래? 그럼, 본격적으로 시작해 보자."

"…."

민수는 주방에서 공책을 하나 가져온다.

"우선 나도 어제 레시피들을 간단히 정리해 봤어. 보면서 천천히 공부하고 안주는 주문 들어오면 그때 같이 만들어 보자. 4가지밖에 없어서 금방 배울 수 있을 거야."

용주는 공책을 받아 하나하나 꼼꼼히 들여다보며 말한다.

"네. 하루빨리 익혀볼게요."

준비하다 보니 시간은 9시를 향했고, 손님이 하나둘 들어오기 시작한다. 가게의 시작을 알린 것은, 퇴직 후 혼자 사는 승태다.

"어서 오세요."

용주는 승태의 자리에 물과 손수건을 놓는다.

"주문하시겠어요?"

"여기 잔치국수랑 소주 한 병 주세요."

"네, 바로 해드릴게요."

"새로운 얼굴이네요. 사장님 동생이에요?"

"동생은 아니고 사장님 밑에서 잠깐 일하게 됐어요."

그 말에, 승태가 환한 미소를 지으며 말한다.

"이 가게 단골인데 잘 좀 부탁해요."

"제가 잘 부탁드려야죠."

그때, 민수가 용주를 부른다.

"용주야 잠깐 와볼래?"

민수는 용주에게 잔치국수 만드는 법을 알려준다. 용주 역시 레시피를 확인하며 그의 설명을 수첩에 따라 적는다. 잔치국수가 완성되자마자, 오뎅탕과 계란말이 주문이 들어온다. 금요일 밤이라 그런지 평소보다 가게에 손님들이 많이 왔다. 세 번째 잔치국수 주문이 들어왔을 때 민수는, 용주에게 잔치국수를 맡겼다. 알려준 레시피를 보며 어렴풋이 흉내를 내보기는 하지만, 간을 맞춘다는 게 쉽지 않다.

"보기에는 쉬워도, 마냥 쉬운 일은 아니지?"

의욕은 앞서지만 마음처럼 되지 않자, 의기소침해진 용주는 말한다.

"레시피대로 하는데 쉽지 않네요."

용주의 마음을 잘 알기에, 민수는 애정 어린 마음으로 그를 위로한다.

"하면서 느는 수밖에 없지. 그래도 잘 따라오고 있어. 시작부터 잘하려고 너무 욕심부리지 마. 네가 먼저 지쳐. 여유를 가지고 천천히 해보자고. 뭐든지 꾸준히 오래 하는 사람이 이기게 돼 있거든. 잘해보자는 욕심이 앞서면, 잘하던 것도 잘 안돼."

"빨리 적응해서 저도 사장님에게 쓸모 있는 존재가 될 게요."

용주는 열심히 하려 해도, 잘하지 못하는 본인의 모습이 스스로 생각했을 때, 답답하기만 하다. 홀에서 주문받고, 민수가 하는 것을 따라 배우니 벌써 마감시간이 가까워졌다. 마감시간까지 20팀의 손님이 서울의 밤을 찾았다.

"하루 동안 일해본 소감이 어때?"

"확실히 보람차다는 느낌이 들었어요. 아직 많이 부족하지만요."

민수는 용주의 어깨를 토닥이며, 그를 격려한다.

"괜찮아. 사람은 원래 못하던 일을 하게 될 때, 더욱 성장하는 법이야. 연습과 훈련을 통해 그것으로부터 자유를 느낄 수 있거든."

"일하면서 신기했던 게 어디를 가나 사람을 상대하는 일이긴 한데, 제가 하고 싶은 일을 하면서 사람을 상대하니 느껴지는 기분이 다르더라고요. 6시간 동안 바쁘게 일하면서도, 그 상황을 받아들이는 제 기분과 태도가 달랐거든요."

용주는 정말 오랜만에 시간 가는 줄 모르고 일하는 자신을 발견했다.

"아직 안주의 간을 맞추는 게 쉽지 않지만요. 계속 연습해야 하는 것 같아요."

"그래도 새로운 경험을 통해 많은 것을 배우고 있네. 같은 경험을 하더라도 그 경험에 어떻게 의미를 부여하느냐에 따라 사람은 변하기 마련이지."

"문득 정리하다가 든 생각인데 사장님은 혼자 일하면서 외롭지는 않으셨어요?"

민수가 의아해하며 묻는다.

"갑자기? 나는 잘 모르겠는데."

용주가 말을 계속했다.

"뭐랄까, 술장사를 하시는 분들은 낮과 밤을 완전히 바

꿔서 일해야 하잖아요. 그게 참 외롭겠더라고요. 다른 사람들이 바쁘게 일터로 향하는 아침, 일을 마치고 집으로 돌아가는 거잖아요. 날이 밝을 때면 사람들 구둣발 소리를 들으며 이불속에 들어간다는 생각에, 아침을 알리는 소리가 쓸쓸할 것 같더라고요."

예상치 못한 용주의 말에, 민수가 고개를 끄덕였다.

"물론 그렇지. 퇴근하고 잠들 때면 이상하게, 내 시계만 멈춰있다는 생각이 들거든. 빛을 막아가며 어떻게든 나 혼자만의 저녁을 맞이하려 하는데 그 모습이 가끔은 쓸쓸하기도 하고."

"제가 직장을 그만두고 집에만 있으면서 그 감정이 들었거든요. 세상이 제가 없어도 너무나 잘 돌아간다는 생각에요. 휴대전화를 보고 있기는 한데 저를 찾는 사람은 없고, 알아서 너무나도 잘 흘러가고 있으니, 말이에요. 직장에서도 더 이상 연락이 없어요."

"연락 안 오는 게 오히려 좋은 거 아니야?"

"물론 그렇긴 하죠. 그런데 왠지 모르게 허전하더라고요."

"왜?"

"제가 없으면 사무실이 안 돌아갈 것처럼 이야기하면서

휴가 때나, 출장을 갔을 때 저를 계속 찾았거든요. 그런데 굳이 제가 아니어도 본인들이 알아서 공부하면 얼마든지 나오는 것들이었죠. 그게 귀찮아서 저를 찾았던 거였고요. 더 이상 쓸모가 없어지니 사람들은 차갑게 등을 돌렸고요. 남들은 정신없는 세상 속에서도 잘 적응해 나가고 있는데, 저만 적응 못하고 도망쳐 나온 건 아닐지 생각했어요."

"나도 처음에는 외로운 하루의 연속이었지. 인간은 원래 사회적 동물이라고 하잖아. 그런데 이상하게도 이곳에 적응하고 나니 만나는 사람은 그때보다 적은데, 오히려 덜 외로운 것 같아."

민수의 대답에 흥미를 느끼며 용주가 답한다.

"이유가 있어요?"

"단골손님들이 자주 찾아주니, 이야기를 나눴을 때 마음이 맞는 손님이 많거든. 그러니 단골이 되는 거고. 술을 마시며 손님들이 내게 전해주는 그들의 하루는 가식보다는 진심이 느껴졌어. 물론 무례한 손님도 있지만. 전체적으로 봤을 때 이곳을 찾아주는 손님들 덕분에 혼자가 아닌 기분이었어."

민수 역시 출근길 지하철부터 고지식한 직장 상사까지 지칠 대로 지친 상태였다. 그의 직장생활에서 믿을 사람은 없었다. 그의 밤이 위로받을 수 있었던 것은 서울의 밤을 차리고 나서부터다. 적어도 이곳에 손님들도 이곳 서울의 밤에서는 가면을 벗고 술을 마셨으니 말이다.

"우리는 모두 가면을 쓰면서 살고 있잖아. 사회가 원하는 '나'라는 존재에 맞춰서 말이야. 어느 순간 가면을 쓴 나와 가면 속 나 사이에서 괴리감이 들어. 나라는 사람이 점점 사라지고 있다는 생각과 함께, 나조차도 내가 누군지 알 수 없는 순간이 찾아오고 말이지."

"그래도 사회생활을 한다면 가면은 어쩔 수 없는 거 아니에요? 가면을 벗은 제 모습은 제가 속한 사회의 사람들이 싫어할 수도 있잖아요."

"그 말도 맞아. 네가 그 사람들에게 잘 보이려 했던 이유가 있어?"

용주는 확신에 찬 목소리로 대답한다.

"잘 보여서 나쁠 건 없죠. 덕분에 진급도 더 잘 될 수 있고, 가는 자리마다 저를 불러주니깐요."

"불러주던 사람들은 결국 용주 너의 가면을 좋아했겠네?"

용주는 침묵을 지킨다. 민수의 말에 다소 불쾌했지만, 틀린 소리도 아니라는 생각이 들었기 때문이다.

"…."

"그럼 너는 평생 가면을 쓰고 살아야 하는데? 너의 삶 속에서 진짜 용주는 사라지고, 너의 가면이 용주가 되는 거 아니야? 네가 원하는 삶은 가면을 쓴 용주의 삶이었던 거야?"

"그건 아니에요."

용주는 민수의 말속에서 표현할 수 없는 단단함을 느낀다. 그의 말을 반박하고 싶지만, 그러기에는 삶의 경험치가 부족하다. 너무나도 당연한 진리라 생각했던 것이 부정당하자, 용주의 머릿속은 점점 더 복잡해져 간다.

"그 시절의 나는, 모든 관계에 최선을 다하려다 마음의 병이 들었거든. 가면을 벗은 나의 민낯을 사람들이 좋아할지 불안해 하면서 말이야. 시간이 흐를수록 정신적으로 내가 힘들더라고. 도저히 이렇게 살 수 없다고 생각하고 가면을 벗었지."

민수의 이야기에 용주는 귀를 기울이고 빠져든다.

"그랬더니 어떻게 됐어요?"

"가면을 쓴 내 모습을 좋아했던 사람들은 나를 떠났지. '변했다'라는 말과 함께. 떠나간 사람 중에는 평소 내가 좋아하고 또 존경했던 사람들도 있었지만 말이야."

용주는 잠시 안도의 한숨을 쉰다.

"거봐요. 가면을 쓸 수밖에 없다니깐요."

"성격이 급하구나. 뒷이야기가 남았는데 더 들어볼래?"

"뭔데요?"

"사람들이 떠나가고, 한동안은 나도 많이 외로웠지. 그런데 어느 순간 자연스럽게 가면을 벗은 내 모습을 좋아하는 사람들이 하나, 둘 그 자리를 채워주더라. 그 사람들은 가면을 쓴 내가 아닌, 가면을 벗은 정말 '나'라는 사람을 좋아하고 있었고."

민수 역시 시간이 흐를수록 평온한 자신을 마주할 수 있었다. 더 이상 가면을 쓸 필요가 없었기 때문이다. 그는 사회생활을 하면서 세상을 살아가는 '나'와 스스로 생각하는 '나' 사이의 거리를 좁히고 있다는 걸 느꼈다.

"용주 네가 나랑 함께 일하고 싶다고 했을 때, 받아들였던 이유도 진심 때문이야. 네 말에서 진심이 느껴졌거든."

용주는 민수와의 대화를 통해, 조금씩 자기 자신과 친

해지고 있음을 느낀다. 이유는 알 수 없었지만.

"받아주셔서 고마워요, 사장님."

"별말씀을요. 그런 의미에서 우리 건배할까? 함께해줘서 나도 고맙지."

"건배."

"그러고 보니 저번에 같이 왔던 선임분은 요즘에 안 오시네?"

용주가 민수의 잔에 술을 따르며 말한다.

"얼마 전 근무지를 옮기셨는데, 애들 학교 때문에 혼자 이사하셨다네요. 애들은 이사를 자주 하면 친구를 잃거든요."

"기러기 아버지가 되신 건가?"

"누군가를 평가하는 위치에 있다 보니 어쩔 수 없죠. 물이 고이면 썩을 수밖에 없으니. 저도 이제는 정착해서 살고 싶더라고요. 정을 좀 붙였다 싶으면 다른 곳으로 떠나야 했거든요."

용주는 마중 나와주는 사람 하나 없이, 새로운 도시에서 삼켜왔던 눈칫밥을 회상한다. 낯선 도시의 이방인. 그런 삶에 지쳤음을 느낀다.

"이제는 자리를 잡고 싶은 거구나. 전역하고 본가에는

가봤어?"

"갈 이유가 사라졌죠. 한 분은 연락이 끊긴 지 오래고, 어머니는 군에 있을 때 돌아가셨거든요."

민수는 아차, 싶다.

"미안하다. 내가 괜한 얘기를."

"아니에요. 이제는 저도 가면을 벗고 털어놓고 싶어요. 중학교 때 부모님은 이혼하셨어요. 어머니 혼자 저와 동생을 키우셨죠. 어머니는 투잡을 뛰셨어요. 낮에는 회사에서, 저녁에는 식당에서. 그러니 집에는 잠만 주무시러 들어오셨죠."

"그랬구나. 형제는?"

"두 살 아래 남동생이 있었죠. 단칸방에 세 식구가 살았어요. 텅 빈 집에 돌아오면 식탁 위에는 5만 원이 놓여 있었어요. 저와 동생은 그걸로 며칠 동안 배달음식을 주문해 먹었죠. 옆집에서는 저녁마다 가족들이 떠드는 소리가 들렸고요. 저희에게는 부러운 소리였죠. 그래서 일부러 귀가 찢어지도록 텔레비전 볼륨을 높이고 저녁을 먹기도 했었어요. 그때부터 사람이 싫어지더라고요."

"그래도 살면서 한 번쯤 누군가에게 마음을 준 적이 있지 않아?"

용주는 잠시 고민한 뒤 말한다.

"한 번 있긴 했죠. 하지만 인간의 비열함과 추악함을 느꼈어요."

"어떤 일인지 말해줄 수 있어?"

"중학교 졸업식이었어요. 담임선생님은 바쁜 와중에 홀로 남은 저를 챙겨주셨죠. 평소에도 다른 학생들보다 저를 더 챙겨주셨고 말이에요. 감사한 마음에 인사를 드리고자 졸업식이 끝나자마자 선생님을 찾아갔어요. 우연히 교무실에서 새어 나오는 소리를 들을 수 있었죠."

"…."

"담임선생님과 동료 선생님이 대화를 나누고 있었어요. 동료 선생님은 저를 유독 챙겨주시는 담임선생님에게 물으셨죠. 대체 그렇게까지 챙겨주는 이유가 있냐면서요. 돌아온 선생님의 답변은 아직도 뇌리에 잊히지 않아요."

"뭐라고 하셨는데?"

"교장선생님의 특별 지시였다고요. 그러시면서 자신도 한시름 놓았다는 거예요. 제가 졸업하니까."

용주는 가장 의지했던 존재에게 배신당한 일을, 눈물

한 방울 없이 담담하게 풀어냈다. 용주의 담담함에 민수
는 생각했다. '인생에서 꺼내고 싶지 않은 장면을, 그동안
얼마나 머릿속에서 되풀이했을까?'

"그런 일이 있었구나."

"담임선생님의 그 말이, 불쌍한 애를 마지못해 도와줬
다는 것처럼 느껴지더라고요. 졸업식이 끝나자마자 집에
와서 이불을 덮고 한참을 울었어요. 믿었던 사람에게 배
신을 당하니 상실감이 크더라고요. 그때부터 사람을 믿지
못하겠고, 믿고 싶지도 않고요."

용주는 사람을 만나면 의심부터 하는 자신을 확인할 수
있었다. 그는 가면을 쓰기 시작했다. 자신과 상대 사이 보
이지 않는 벽을 만들어, 더 이상 침범하지 못하게 해야 했
다. 그것이 자신을 지키는 방법이었다.

"그동안 쉽지 않았겠구나."

"이 이야기 처음 해요. 제 약점이라고 생각했거든요."

잔인하게도 인간은 타인의 약점을 통해 위안을 얻고,
그것을 은근히 즐긴다. 약점을 드러내면 득보다 실이 크
다. 인간은 상대의 불행을 통해, 그간 자신이 당연하게 가
졌던 것에 감사하는 시간을 갖는다. 약점의 주인은 꺼내

지 않았더라면 느끼지 않았을 비참함을 대가로 받는다.

용주의 이야기가 끝나자, 민수가 조용히 잔을 채웠다.
"용주야, 우리 건배할까?"
"네, 좋아요."
민수는 무거운 분위기를 전환할 겸, 마른 어포를 가져
온다.
"그런데, 너 건배가 어떻게 시작된 줄 알아?"
"아니요. 모르겠어요."
"건배는 바이킹의 풍습에서 시작됐대. 오래전 바이킹들
이 사업하다가 거래가 성사되면 서로의 잔을 부딪쳤던 문
화가 지금까지 전해 온 거지. 건배하게 되면, 술잔이 넘쳐
술이 섞이잖아. 그것은 서로의 잔에 '독이 없다'는 걸 확인
하는 기능을 했다 하더라고."
용주는 자신의 잔을 들여다보며 말한다.
"말도 안 돼. 그래서 건배하는 거였어요?"
"마주 앉은 대상은 그만큼 믿을 수 있는 사람이니 건배
하는 거지. 잔 하나로는 맑고 청아한 소리를 낼 수 없잖
아. 결국 잔을 부딪치면서 우리는 함께 기뻐하고, 서로를

위로하는 거야. 우리 둘 다 낯선 도시의 이방인이잖아. 힘들 때면 먼저 건배를 권하자고. 홀로 잔을 채우고 술을 마시면 부축해 줄 사람도 없으니 말야."

민수는 용주와 한 번 더 건배를 했다.

"식구가 된 걸 환영해. 우리 잘해보자."

용주는 젖은 눈으로 말한다.

"고마워요. 사장님. 정말 오랜만에 가족이 생겼네요."

민수는 어릴 때부터 알고 지낸 동네 형 같은 미소를 지으며 말한다.

"가족보다는, 든든한 술친구랄까? 만취한 너의 모습을 보고도, 다음날 다시 잔을 부딪칠 준비가 된, 그런 술친구지."

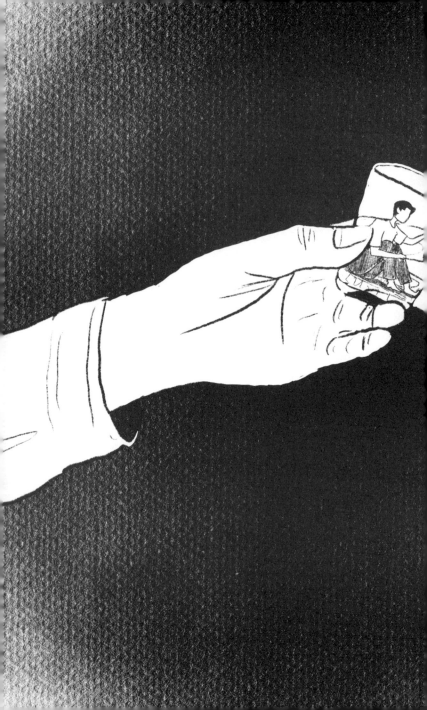

6. 여섯 번째 밤,
꿈을 맡기는 주막

용주가 민수에게 주점 일을 배운지 3개월이 흘렀다. 여전히 음식 간을 맞추는 일은 어렵지만, 메뉴가 간단한 덕택에 쉽게 적응해 나가고 있다. 민수는 냉장고 속 재료들을 확인하고, 계속해서 새로운 안주를 선보인다. 요즘 용주는 민수에게 스페셜 안주 만들기를 배우고 있다. 요리를 잘해야 한다는 부담을 내려놓으니, 훨씬 더 흥미로워졌다.

만일 군 생활도 잘해야 한다는 부담을 내려놓고 했다면, 이 일처럼 즐길 수 있었을까? 그때와 달라진 건 또 하나 있다. 이제, 계절의 변화를 몸으로 느끼고 있다는 것.

• • •

곳곳에서 '벚꽃 엔딩'이 들려오던 삼사월, 슬슬 더워지던 오뉴월이 지나 서울의 밤에는 본격적인 여름이 찾아왔다. 화창한 여름날, 갑작스럽게 찾아오는 손님. 소나기가 오셨다. 일기예보도 소나기를 피하지 못했다. 예측할수 없는 우리의 삶처럼, 미처 우산을 챙기지 못한 채 내리는 비를 맞이한다. 비는 민수의 선곡에도 촉촉한 변화를 준다. 럼블피쉬의 '비와 당신'이 잔잔한 빗소리와 섞일 때, 용주도 뜨거운 여름 분위기에 취해 일하고 있다.

몇몇 손님은 비를 피해 이곳을 찾는다. 서류 가방을 머리에 올린 채 허겁지겁 달려오는 손님. 민수는 그들에게 뽀송뽀송한 수건을 건넨다. 비에 젖었지만 감기에는 젖지 않게 하려는, 그의 세심한 배려다. 수건을 받은 손님은 감사의 미소와 함께 안도의 한숨을 내쉰다.

비는 메뉴도 바꾼다. 비오는 날이면, 서울의 밤에서는 파전과 막걸리를 내놓는다. 갓 나온 따끈한 파전을 건네면, 손님은 허겁지겁 젓가락을 꺼내 간장에 찍어 베어먹는다. 파전은 하얀 김을 내뿜으며, 후후 호호 소리와 함께 손님 입에서 돌아다니다가 사라진다.

비 오는 날은 손님이 많지는 않다. 빗소리는 백색소음이 돼, 대화에 더욱 몰입하게 한다. 이야기를 가만히 듣다 보면, 비를 피해 갑자기 들어온 손님이든, 비를 뚫고 꿋꿋이 찾아온 손님이든 모두 함께 서울의 밤의 온기를 즐긴다.

민수는 손님용 우산 다섯 개를 우산꽂이에 준비해 둔다. 비오는 날 서울의 밤을 찾아온 손님에게 주어지는 특권이다. 우산을 빌려 간 손님은 포스트잇에 방명록을 남긴다. 그리고 꿈이나 버킷리스트를 적는다. 그리고는 우산과 함께 다시 방문한다. 때로는 우산을 돌려받지 못할 때도 있다. 그러나 민수는 개의치 않는다.

용주가 민수에게 묻는다.

"사장님. 비 오는 날 수건이나 우산은 유상대여할 수 있지 않나요? 굳이 그냥 드리거나 빌려드릴 필요가 있나요?"

"용주 말도 일리가 있지."

"그럼 왜 그냥 드리는 거에요?"

민수는 수저 닦기를 잠시 멈추고 말한다.

"용주 너는, 모든 관계에 목적이 있다고 생각하니?"

"당연하죠. 제가 퇴근하고 치킨을 먹는다면 저는 치킨이 목적이고, 치킨집 사장님은 제 돈이 목적이겠지요."

"그럼, 관계들은 모두 돈으로 교환된다고 생각하니?"

용주는 자신있게 답한다.

"그럼요. 제가 제 돈과 치킨을 교환한 것처럼, 객관적으로 가치교환을 가장 쉽게 할 수 있잖아요."

"모든 관계에 있어 목적이 존재한다는 말은 나도 동의해. 하지만 모든 관계가 꼭 돈으로 교환되는 건 아니더라고."

용주는 그의 말을 이해할 수 없다.

"목적과 돈은 함께 따라다니는 거 아닌가요? 사실 요즘은 돈으로 못 하는 게 없잖아요."

"물론 돈으로 할 수 있는 것은 많지. 그러나 부모가 자식에게 선물하는 대가 없는 사랑. 평생을 함께할 배우자와의 사랑 등은 돈으로 바꿀 수 없잖아. 단지 그곳에는 사랑이라는 목적만 존재한다고 생각해."

"그건 부모와 배우자처럼 사랑하는 사람과의 관계 속에서만 가능한 거 아닌가요? 손님은 다르다는 생각이 드는데요."

"그렇지, 손님과 나 사이의 관계를 사랑이라고 하기에는 어렵지. 하지만 나는 충분히 돈이 아니고도 가치교환을 하고 있어."

"어떻게요?"

"그들의 꿈을 우산과 교환했잖아. 우산을 돌려받기 전

까지는 꿈에 대한 운은 내가 잠시 가지고 있다고 생각해."

"너무 이상주의자 같으신데요."

"그런 사람도 있어야지. 나 같은 사람이 있기에 세상이 재미있는 것이고, 용주 너 같은 사람이 있기에 세상이 잘 굴러가는 거지."

"그건 그렇죠."

"내가 손님에게 우산을 빌려줌으로써 만족과 보람을 느낀다면? 이야기가 달라지지 않을까? 가끔 손님들이 안전하게 우산을 잘 쓰고 갔다고, 감사 인사를 전하며 커피를 사오시기도 해. 한편, 우산을 돌려받지 못하기도 해. 그렇지만 난 우산을 돌려받지 못했을 때 느끼는 배신감보다, 손님들이 감사하다고 하실 때 느끼는 만족과 보람이 더 크거든."

"거기에 돈이 들어가면 안 되나요?"

"물론 돈이 들어갈 수도 있지. 하지만 당연히 돈을 낼 거라 생각했던 것을 뜻하지 않게 선물 받았을 때, 느끼는 감동은 더 크지 않을까?"

"그게 무슨 말이죠?"

"사람들이 서프라이즈 파티를 좋아하는 것도, 파티보다

서프라이즈 이기에 더 좋아한다고 하네. 진정성에 감동한 손님들은 단골손님이 돼주고 말이야. 모든 장사는 사람에서부터 시작되지. 돈에 미쳐 손님을 돈으로 보는 순간 오히려 장사는 망하게 돼 있어. 주변 주점들도 처음에는 잘 나가다가 하나둘 문을 닫았고 말이야. 기대를 하지 않으면 되더라. 그러면 딱히 실망할 일도 없거든."

민수는 삼천 원짜리 비닐우산을 통해 그들의 꿈에 대한 운과, 예상치 못한 만족과 보람을 선물 받고자 한다.

"이해할 수 없지만, 이해해 볼게요."

· · ·

비 오는 날에는 특별한 손님이 있다. 매번 바 테이블 구석에 앉아 파전에 막걸리를 시키는 여성이다. 그녀는 비가 내리는 날에만 서울의 밤을 찾는다. 용주는 며칠간 그녀를 지켜보다, 비 오는 날에만 이곳을 찾는 게 특이하다 느껴, 민수에게 이야기를 꺼낸다.

"사장님, 좀 이상하지 않아요?"

"어떤 게 이상한데?"

"저기 구석에 앉은 손님 말이에요. 평소에는 찾아오지 않다가 비 오는 날에만 가게를 찾아오지 않아요?"

"채현 씨 말하는구나. 비 오는 날 찾아와주시는 스페셜 게스트지. 여유 있을 때 직접 물어봐. 채현 씨도 이야기 나누는 거 좋아할 거야."

"아는 사이였어요?"

"알고 말고. 채현 씨도 이곳에 온 지 벌써 3년은 넘은 것 같은데."

"나만 모르고 있었구나."

용주는 고민 끝에 채현 씨에게 다가가 말을 건다.

"안녕하세요. 저는 사장님 밑에서 일하게 된 이용주라고 해요."

"네 안녕하세요. 저는 김채현이에요."

"다름이 아니라, 항상 비가 오는 날에, 서울의 밤을 찾아와주시더라고요. 그게 궁금해서요."

채현은 미소를 지으며 말한다.

"눈치채셨네요. 저는 서울에서 4년째 혼자 올라와서 일하고 있어요. 평소에는 집에서 술을 마시다가도, 비 오는 날에는 도저히 술을 혼자 못 마시겠더라고요. 빗소리 들으면서 마시면 너무 쓸쓸하잖아요. 혼자서 갈 수 있는 술집을 찾다, 이곳을 발견했죠. 여기서 빗소리 들으면서 술 마시는 게 좋거든요. 럼블피시의 '비와 당신'을 이곳에서 3년째 듣고 있는데 들을 때마다 계속 빠져들고요."

"집에서도 노래 틀고 충분히 술 마실 수 있지 않나요?"

"저도 처음에는 그 생각에 노트북에 노래를 틀고 해봤죠. 하지만 이곳에서만 느낄 수 있는, 특별한 그 느낌이 안 살더라고요. 또 파전과 막걸리는 비가 오는 날에만 먹을 수 있으니깐요."

"신기하네요. 저는 같은 노래 매번 들으면, 지치는데 말이죠."

"저도 마찬가지예요. 그래서 듣지 않고 아껴두었다, 비 오는 날에만 꺼내 듣는 거예요. 같은 노래라도 때에 따라 와닿는 가사가 다르거든요"

안주가 완성되자, 민수는 용주를 부른다.

"용주야 서빙 좀 도와줘."

"네 금방 갈게요."

"이거 채현 씨 드리면 돼. 이야기는 잘 나누고 있어?"

"네. 말이 없으신 줄 알았는데, 그건 또 아니더라고요."

"바쁘지 않으면 이야기 나눠봐. 너도 새롭게 느끼는 것들이 있을 거야."

"네. 근데 궁금한 게 있어요. 파전과 막걸리 찾으시는 손님은 많은데, 고정 메뉴에 넣지 않는 이유가 있어요?"

민수는 미소를 지으며 대답한다.

"이런 음식은 원래 특별한 날에만 파는 거야. 그래야 더 의미가 깊거든. 사람들은 반복되는 일상에 쉽게 지치잖아. 익숙해지면 그게 소중하다는 것을 잊기 때문이지."

"반복된 일상의 소중함이라…."

"우리가 살아서 숨을 쉬는 것처럼, 확실하다고 생각한 보상은, 반복되면 별다른 예측을 불러일으키지 않아. 평범한 일상을 너무나 당연하게 느껴, 일상에서 찾아오는 감사함을 쉽게 잊어버리는 거지. 음식 식겠다. 일단 서빙부터 하고 와."

"네. 다녀올게요."

용주는 파전과 막걸리를 챙겨 채현에게 다시 간다.

"주문하신 메뉴 나왔습니다. 맛있게 드세요."

"감사해요. 잘 먹을게요."

채현 씨는 주전자에 들어있는 막걸리를 그릇에 다시 붓

고는, 먹기 좋은 크기로 파전을 자른다. 그녀는 파전 한 조각을 젓가락으로 집어, 간장에 아주 살짝 찍은 뒤 한입 먹는다.

"역시 이 맛이야."

용주는 특별한 날에만 파전을 판다는 민수의 말이 자꾸만 떠올라, 그녀에게 물어본다.

"채현 씨 파전과 막걸리 고정메뉴에 넣어도 괜찮을 것 같지 않아요? 주문하는 손님들이 많잖아요. 맛이나 매출량으로 봤을 때, 굳이 비 오는 날에만 팔 이유도 없는 것 같고요."

그녀는 뜻밖의 대답을 꺼낸다.

"그렇죠. 하지만 그랬다면 저는 오늘 파전을 시키지 않았을걸요?"

용주는 당황하며 물어본다.

"왜요?"

"오늘이 아니어도 언제든 먹을 수 있잖아요. 처음에 저도 사실 용주 씨랑 같은 생각을 했었죠. 그래서 사장님께 파전과 막걸리를 고정메뉴에 넣어달라고 부탁드리기도 했어요."

"사장님이 뭐라 하시던가요?"

"웃으면서 단호히 거절하셨어요. 저도 처음에는 이해가 가지 않았는데 시간이 지날수록 알 것 같더라고요."

"어떤 이유에서요?"

"설명하려면 제 이야기를 해야 할 것 같은데, 괜찮을까요?"

용주는 그녀의 이야기에 점점 흥미를 느낀다.

"네 주문 들어오면 다시 가야겠지만, 지금은 괜찮아요."

"저는 사실 남해에서 상경해서 대기업에 다니고 있어요. 처음 회사에 들어갔을 때만 해도, 잘할 수 있을지 하는 걱정과 함께 무척 불안했죠. 잘해야겠다는 욕심이 컸고, 누구보다 열심히 일을 배워나갔어요."

용주는 채현의 말에 진심으로 맞장구를 쳤다.

"그렇죠. 처음에는 열심히 하려 하죠."

"그러나 어느 순간 일에 치여 퇴근 못하고, 책상에 앉아 야근만 매일 하고 있었죠. 눈 뜨면 회사에 가고, 막차 타고 집을 향하는 것이 일상이 돼버렸으니깐요."

"그랬었군요. 그래도 주말이 있잖아요. 주말에 나가서 서울 근처 구경도 하고, 친구도 만날 수 있잖아요."

"평일에 직장에서 에너지를 갈아 넣다 보니, 주말은 종일 밀린 잠자느라 바빴어요. 가만히 누워서 영화를 보고, 그러다 피곤하면 다시 잠들었죠. 피곤할 때마다 자다 보니, 저녁에는 잠이 오지 않더라고요."

용주는 안타까운 표정을 짓는다.

"그때부터 술을 마시기 시작했어요. 술을 마시고 취해야 잠들 수 있었거든요. 술은 제게 현실감각을 마비시켜 주는 마취제 같았죠."

"차라리 수면제가 낫지 않았을까요?"

"이십 대인 제가 수면제를 먹는다는 사실이 부끄러웠거든요. 문제가 있는 사람처럼 보인다는 생각에요."

"그렇게 생각할 수도 있겠네요."

그녀는 막걸리를 한 잔 넘기고 말한다.

"그거 아세요? 이 세상 약물 중 그것을 계속 즐기는 사람은 '정상'이고 끊은 사람은 문제나 병이 있다고 여기는 것은 알코올밖에 없다네요. 맞는 말이더라고요. 회식 자리에서도 오늘은 술을 마시지 않겠다고 하면 '왜?'라는 질문부터 나오잖아요. 용주 씨는 그런 적 없어요?"

"왜 없겠어요. 저도 한때는 술로 매일 밤을 소독했는데요. 도시의 새벽과 아주 친하게 지냈거든요."

용주는 회식도 업무의 연장이라 생각하며, 부르는 술자리마다 참석해 왔다. 그는 때로는 아무도 없는 쓸쓸한 집에 가는 것이 의미가 없다 싶어, 사무실 소파에서 잠을 청하기도 했다.

"시대가 많이 달라졌다 해도, 그 문화가 역시 조금씩은 남아있네요."

용주는 한숨을 내쉬며 말한다.

"그래서 어떻게 되셨어요?"

"처음 입사했을 때는, 주는 업무 다 받아 가면서도 밝음을 잃지 않으려 했어요. 그런데, 언제부턴가 신경이 아주 날카로워진 제가 있었죠. 그러다 문득 제가 하고 싶은 게 이게 맞는지 의문이 들기 시작했어요."

"그럼, 원래 하고 싶은 게 있었나요?"

"아니요. 뭘 하고 싶다는 것도 없었죠. 다만 반복된 삶에 흥미를 잃었거든요. 열정적으로 사는 사람들을 보면 멋지고 부러운데, 그게 끝이었어요. 어차피 태어나서 죽는다는 사실은 변함이 없는데, 굳이 그렇게까지 살아야 하는 생각이 들면서요. 그저 적당히 살다가 평범하게 죽음을 받아들이려 했죠."

"…."

용주는 채현의 모습이 낯설지 않다.

"20년, 30년 일하시는 분들 보면 정말 신기하고 대단하다는 생각이 들더라고요. 이 지루한 생활을 어떻게 그렇게 견딜 수 있을까요."

"저랑 비슷한 고민을 하고 계시네요. 저는 그래도 대기업에 다니고 금융치료가 되면 그 걱정이 덜할 줄 알았는데, 그것도 아닌가 봐요."

"월급날 월세며, 카드대금이며 손님들이 쭉 다녀가고 나면, 통장이 텅 비듯 저도 그렇게 돼요. 삶에 흥미도 사라지게 됐고요. 허무함과 함께 술에 한참 빠져 있을 때쯤 서울의 밤을 만났죠."

"이후 변한 게 있었나요?"

"많은 게 변했다고 생각해요. 가장 큰 변화는 더 이상 술을 마시지 않고도 잠들 수 있게 됐다는 거죠."

채현의 이야기에, 용주는 자신도 어둠 속에서 한 줄기 빛을 찾을지도 모른다는 희망이 솟았다.

"얼마나 대단한 이야기가 오갔길래요?"

"대단한 이야기는 아니었어요. 사장님은 제게 질문을 통해 자신을 돌아볼 시간을 주셨죠. 직장에서는 일 관련 이야기만 하다 보니 저를 들여다볼 시간이 없었거든요."

"어떤 질문이었는데요?"

"사장님께서 제게 해주신 질문을 제가 용주 씨에게 그대로 해볼게요. 용주 씨가 지금까지 살면서 제일 즐거웠던 순간은 언제인가요?"

채현의 질문에 용주는 말문이 막혔다. 답을 할 수 없었다. 분명 즐거웠던 순간은 있었지만 꺼내보라 하니 기억이 나지 않았다. 말문을 잃은 용주를 보고는 채현은 그럴 줄 알았다는 듯 말한다.

"저도 용주 씨와 마찬가지였죠. 저를 돌아볼 시간도 없었고 그런 질문은 살면서 한 번도 꺼내보지 않았으니깐요. 술을 마시고는 도저히 답이 떠오르지 않아 내일 다시 찾아온다고 했죠."

"다음날에는 답을 찾으셨나요?"

"아니요. 제가 너무 어려워하자, 사장님이 말씀하시더라고요. '대단한 게 아니어도 돼요. 채현 씨가 지금 떠올렸을 때 가장 즐거웠던 순간이요.' 부담을 더니 말문이 풀렸어요. 저는 다른 사람을 설득할 만큼 대단한 답변을 해야 한다고 생각했거든요."

"어떤 경험이었는데요?"

"혼자 부산에 출장을 다녀온 적이 있었어요. 그날도 신경이 엄청 예민해 있었죠. 왜 굳이 이 먼 거리까지 홀로 보내냐면서, 투덜투덜하고 말이죠. 당시 모든 게 다 불만이었던 것 같아요. 그러다 우연히 택시를 탔는데, 운좋게도 아주 멋진 기사님을 만나 뵐 수 있었죠."

"어떤 분이셨길래요?"

"흥겹게 라디오를 듣다가 주섬주섬 마이크를 꺼내시더니 차내 노래방을 만들어 버리시더라고요. 일 때문에 많이 지쳐 보인다고 힘내라며 직접 노래도 불러주시고요. 회사 다니면서 택시비를 천만 원은 썼는데, 그날은 참 압도적으로 좋았어요. 이렇게 일해야 하는데! 진심으로 감동하고 즐겁다는 생각이 들더라고요. 사장님 말처럼 단순하게 생각하니 떠오르기 시작하더라고요."

"그런 경험을 하셨군요. 근데 택시기사님을 만난 경험과, 술을 마시지 않고도 잠이 들 수 있었다는 것과 연관이 있나요?"

"있고 말고요. 뭐랄까, 이분들은 정말 일을 즐긴다는 생각이 들었어요."

택시기사님은 마치 삶 속에 일이 있는 것처럼 느껴졌다. 그에 비해 그녀의 삶은 삶과 일이 마치 따로 노는 듯했다.

"술은 제게 도피처였죠. 우울한 생각을 잊게 해주는 그런 도피처 말이에요. 잠을 못 자다가도 술을 마시면 모든 것을 깔끔하게 잊고 잠들 수 있었거든요. 출장이 끝나고 돌아왔을 때 한동안은, 업무에 다시 흥미를 느낄 수 있었어요. 출장에서 여행하는 듯한 기분을 느꼈거든요."

"죄송하지만, 채현 씨 말이라면 어차피 시간이 지나면 다시 익숙해져 또 허무와 우울함이 찾아오는 거 아닌가요?"

"맞아요. 일상에 익숙해지니 얼마 가지 않아, 다시 허무와 우울함이 찾아오더라고요. 다시 술을 찾았고요. 하지만 제일 즐거웠던 순간을 떠올려 보라던 사장님의 질문은, 여행 같았던 그때의 감정을 다시 떠올리게 해줬어요. 제게 일이 재미있을 수도 있다는 일말의 희망을 주셨죠."

"그게 무슨 말이에요?"

"저는 매일 야근하고 주말에 어디 나가지도 않고 집에

만 있다 보니, 일이 삶의 전부가 됐고 지쳐있었더라고요. 스트레스가 잔뜩 쌓여있었죠. 처음에는 일에 흥미를 느꼈는데 말이죠. 용주 씨, 축구 좋아하세요?"

"네 축구 좋아하죠."

"그럼, 축구를 1년 내내 하라고 하면 하실 수 있어요?"

"아무리 축구를 좋아한다 해도, 1년 내내 축구를 하는 건 고문 아닐까요? 손흥민 선수도 1년 내내 축구를 하지는 않을걸요. 시즌이 아닐 때는 휴가도 가잖아요. 매일 축구를 해야 한다면 오히려 축구가 싫어질 것 같은데요."

"사장님이 저한테 그러시더라고요. 축구를 좋아하는 사람도 365일 축구만 할 수는 없다고요. 그러면 방전이 된다고 하셨죠. 저도 처음에는 일이 좋았는데, 잘하겠다는 욕심이 너무 커서 방전이 된 건 아닐까."

"그럼, 채현 씨는 어떻게 충전하셨어요?"

"제가 좋아하는 게 뭐였는지 고민하기 시작했죠. 생각해 보니 저는 여행과 맛있는 음식 먹는 것을 좋아하더라고요. 그때부터 잘해야겠다는 부담을 줄이고, 조금 더 자신을 챙기기 시작했죠. 업무가 너무 많아 휴가지에서도 일을 해야 했다면, 이제는 휴가 때 업무용 전화기를 꺼버리거든요. 휴가 가서도 일하는 게 어떻게 휴가라 할 수 있겠어요."

"그랬더니 이전과 비교해 변화가 있던가요?"

"네 아주 큰 변화가 있었죠. 우선 더 이상 술에 의존하지 않을 수 있었어요. 술이 아니고도 얼마든지 저 자신을 돌볼 수가 있더라고요. 일할 때도 전보다 활력을 찾을 수 있었고."

용주는 도시의 새벽과 아주 친하게 지냈던 지난날을 떠올린다.

"사장님이 비 오는 날에만 파전에 막걸리를 파는 이유도 같지 않을까요? 비 오는 날만 먹을 수 있는 이 파전이 특별하게 느껴지더라고요."

그녀는 어느 순간 비 오는 날을 기대하고 있었다.

"…."

"제가 반복되는 일을 하다가 지쳤듯, 파전도 주메뉴에 있었다면 흥미를 못 느끼지 않았을까요. 분명 맛은 있는데, 익숙해져 다른 안주를 선택할 수도 있겠고요. 파전은, 저한테 여행과 다름없는 존재더라고요. 반복되는 일상을 고양된 정신으로 새롭게 여행할 힘을 주거든요."

"그렇군요."

"덕분에 오늘 즐거웠어요. 서울에서 오랜만에 말동무가 생겼네요. 다음에 또 이야기 나누어요."

"제가 감사하죠. 저도 다시 한번 저를 돌아보고, 생각해 봐야겠어요."

용주는 생각에 잠긴다.

"살면서 가장 즐거웠던 순간이라. 그 순간이 언제였는지 떠올릴 수 있다면, 하고 싶은 일도 알 수 있지 않을까."

7. 일곱 번째 밤,
   술 말고 다른 것도 있습니다

　채현과 대화를 나눈 뒤부터 용주는 머릿속이 복잡하다. 하고 싶은 일을 하며 살고 싶다고 직장을 나왔지만, 정작 하고 싶은 일이 무엇인지 찾지 못했으니 말이다.

　시간이 흐를수록, 두려움을 무릅쓰고 용기를 냈던 선택이 불안해진다. 채현 씨의 말처럼, 살면서 가장 즐거웠던 순간을 기억한다면 하고 싶은 일이 뭔지 찾을 수 있을 것 같지만, 그 순간조차 떠오르지 않는다.

　용주는 그 질문을 민수에게 꺼내본다.

　"사장님은 살면서 가장 즐거웠던 순간이 언제예요?"

　"나는 이곳 '서울의 밤'을 차렸던 순간이지. 나도 다가오지 않을 미래에 대해, 불안 속에 살았었거든. 될 대로 돼라는 심정으로 차렸지."

　민수는 그 순간 느꼈다. 불안은 다가오지 않을 미래를 걱정할 때 생기는 것임을 말이다. 막상 닥치고 나면 불안은 이미 사라졌고, 그 상황을 마주하는 자신만이 남아있었다.

"원래 술집을 차리시는 게 꿈이었어요?"

"꿈이라기보다, 하나의 버킷리스트였지."

"버킷리스트요? 하고 싶은 것들 종이에 적어나가는 거요?"

"맞아. 너 버킷리스트가 왜 버킷리스트인 줄 알아?"

"아니요 잘 모르겠어요. 왜 버킷리스트인데요?"

민수는 손님이 별로 없음을 확인하고 입을 연다.

"중세 시대에 유럽에서 자살하던 사람은 높은 곳에다 밧줄로 목을 묶었다고 해. 그리고 가벼운 양동이를 발로 차면서 목숨을 거뒀지."

용주는 학교 다닐 때 어렴풋이 들어본 이야기에 공감하며 말한다.

"맞아요. 들어 본 기억이 나요."

"죽기 직전에 마지막으로 차던 것이 바로 양동이였어. 삶의 마지막 순간을 장식하던 것이 양동이였기에, 시간이 지나 죽기 직전에 꼭 해봐야 할 목록으로 불리게 됐지. 양동이가 버킷이니깐. 그리고 나는 지금도 버킷리스트를 욕실거울에도 붙이고, 지갑에도 가지고 다녀."

언제 죽을지 모르기에, 민수는 죽기 전 양동이에 담겼으면 하는 삶의 장면들을 끊임없이 생각한다.

"에이 사장님 무슨 애도 아니고 그런 걸 하고 다녀요."

"용주 너 버킷리스트 써본 적 있어?"

"그야 학교 다닐 때 수업 시간에 몇 번 써봤죠."

"그때 버킷리스트에 썼던 거, 기억해?"

용주는 잠시 고민해 본다.

"너무 예전이라 기억 안 나죠."

"그래서 나는 눈뜨고 하루를 보내면서 가장 잘 보이는 곳에 붙이고 다녀. 버킷리스트 안에 아무리 대단한 계획들을 적어놓더라도, 시간이 지나면 결국 잊게 되더라고. 믿기 힘들겠지만, 살아보니깐 세상은 자신이 생각하는 것만큼 보이더라. 그것을 생생하게 꿈꿔보면 알 거야. 온 신경이 그쪽으로 향할 수밖에 없거든."

민수는 용주에게 종이와 볼펜 하나를 건넨다.

"용주야 가장 재밌었던 순간이 없다면, 지금부터라도 채워가면 되잖아. 뭘 그렇게 걱정해. 네가 정말 하고 싶은 것들을 한번 써봐. 그저 생각만 하고서는 아무것도 할 수 없어. 일단 쓰고 봐야지. 쓰다 보면 네가 정말로 하고 싶은 게 뭐였는지 생각이 날 수 있을 거야."

민수는 한마디를 더한다.

"노파심에 하는 이야기지만, 대단한 걸 써야겠다 생각하지 않아도 돼. 아주 작은 것에서부터 시작해. 세상은 네가 생각하는 것만큼 보여."

민수는 그가 그랬듯, 용주의 아주 작은 날갯짓이 나비효과처럼, 용주를 어디론가 좋은 곳으로 안내하기를 꿈꾼다.

그러나 용주는 민수의 이야기가 애들 장난처럼 느껴진다. 영웅놀이에 심취한 어린아이가, 동네 아이들을 모아 지구를 정복하자는 것처럼.

둘의 대화를 가만히 듣고 있던 승태가 말한다.

"사장님, 종이 한 장 주세요. 저도 한 번 적어봐야겠어요."

민수는 미소를 지으며 종이와 펜을 건넨다.

"여기 있습니다. 술에 곁들이는 것이 꼭 음식일 필요는 없죠. 재료는 제가 준비해 드릴 수 있어도, 요리는 직접 하셔야 할 것 같아요."

용주는 혼란스럽다. 특히 버킷리스트를 쓰려고 하는 승태의 행동에 더욱 머릿속이 복잡하다.

"손님은 어떤 걸 쓰려고요?"

"저도 잘 모르겠어요. 일단은 사장님의 이야기를 듣고, 저도 써보고 싶다는 흥미가 생기더라고요. 저도 아직 양동이를 걷어차지 않았잖아요. 그러니 버킷리스트를 쓸 만한 자격이 있다고 생각해요. 혼자 있으면 집에서 텔레비전 보고 술만 마시지, 이런 거 안 하거든요. 그 삶이 반복되다 보니 삶에 흥미가 사라지더라고요. 지금이 아니면 언제 또 써보겠냐는 생각이 들어 종이를 받고 봤어요."

용주는 뇌에서 정제 과정을 거치지 않고 말한다.

"솔직히, 저는 손님 나이쯤이면 더 이상 바랄 게 없다고 생각했거든요. 그저 남은 생을 아프지 않고 건강하게 사는 게 꿈이 아닐까 하고요."

"왜 그렇게 생각하시죠?"

"저는 지금도 늦었다고 생각하거든요. 주변 친구들은 결혼도 하고, 자식도 낳아 기르고 있는 걸 보면 말이죠. 꿈보다는 더 늦기 전에 빨리 돈을 모아, 짝을 찾아야겠다는 생각이 들더라고요. 꿈을 꾸기에는, 너무 많은 시간을 놓쳤다는 생각이요."

승태는 용주의 말에 고개를 끄덕였다.

"저도 그 나이로 돌아간다면 같은 생각을 했을 거예요.

그때는 마치 숙제하듯이 인생의 과제들을 하나씩 해나갔으니깐요. 지나고 보니 시간이 손가락 사이로 마치 모래알처럼 빠르게 빠져나갔죠."

"흘러간 시간을 주워 담을 수는 없잖아요. 그러니 저도 지금의 제 시기에 맞는 인생 과제들을 준비하는 게 맞는 거 아닌가요? 결혼이나 구직 같은 거요. 그 시절에만 꿈 꿀 수 있었던 것은 그냥 흘려보내고요."

"제가 지금까지 살면서 제일 후회하는 게 뭔지 알아요?

"어떤 건데요?"

"주변 속도에 저를 계속 맞추려고만 했던 거요. 부끄럽지 않을 만큼 열심히 살아왔다고 자부할 수는 있는데, 열심히 사는 삶에 뚜렷한 이유가 없었거든요. 주변에서 다들 달리고 있으니, 저도 일단 뒤처지면 안 되겠다는 생각에 달리고 본 거죠. 직장에서 해고당하지 않고, 경쟁에 밀려나서는 안 되겠다는 생각으로 지난날들을 달려왔죠."

"그게 나쁜 건 아니잖아요. 이유를 붙이지 않고, 앞만 보고 달려갔기에 저는 그 자리까지 오를 수 있었다고 생각하는데요. 생각이 깊어지면, 결정하는 데도 시간이 오래 걸리잖아요."

"삶에 있어 속도보다 중요한 건 방향이더라고요. 지나고 나니, 정상에서 맞이하는 뿌듯함보다는 이내 허무가 찾아왔죠."

"어째서죠? 그토록 바라셨던 거잖아요."

"정상에 오르긴 했는데, 막상 오르고 보니 제가 원했던 정상인지 의문이 들었죠. 실컷 오르긴 했는데, 내가 오르고 싶었던 산인가 하고요."

승태는 남들이 달리니, 지면 안 되겠다는 생각으로 무작정 달렸다. 마치 지하철에서 사람들이 카드를 찍고 하나, 둘 달리기 시작하니, 열차 도착 시간도 모른 채 달리는 모습과 같았다.

"이제는 처음 이곳을 오르려 했던 이유조차 생각이 나지 않더라고요. 용주 씨도 주변 또래들이 하는 것들을 인생 과제처럼 느끼고 주변 속도에 맞추다 보면, 그곳에 가까워질 수는 있겠죠. 하지만 결국 저와 같은 기분이 들지 몰라요."

"…"

승태 역시 퇴직을 했지만, 여전히 자신이 진정으로 오르고 싶은 산을 찾고 있다.

"직장을 그만두고 2막이 열리더라고요. 자식도 다 컸고, 직장도 그만두었으니, 다시 무언가를 시도해 볼 시간이 생긴 거죠. 시간이 흐를수록 알 수 있었죠. 저도 용주 씨처럼 하고 싶은 게 뭔지 모르겠더라고요. 그런 의미에서 용주 씨는 절대 늦지 않았어요. 저보다 몇십 년은 먼저 알고 찾기 위해 고민하고 계시잖아요. 저는 이 나이에라도 알아서 다행이라고 생각하는데요."

용주는 여전히 의아할 따름이다.

"그래요?"

"이야기가 나오지 않았더라면, 저는 내일도 술을 마시며, 허무에 빠져 하루를 보내고 있었을 테니깐요. 누군가는 버킷을 걷어차는 순간까지 모를 수도 있잖아요. 오르고 싶은 산이 어딘지 모른채, 죽음에 점점 가까워지고 있는 거죠. 제 인생 1막이 그렇게 끝났거든요."

"1막이 어떠셨길래요?"

승태는 술을 한잔 마시며 말한다.

"출발점이 다른 오래달리기를 하는 기분이었어요. 보통 오래달리기는 같은 출발점에서 모두 다 같이 출발하잖아요. 그런데 이상하게도 출발점이 같지 않더라고요. 이미 누군가는 저보다 한참 앞선 곳에서 출발하고 있었죠."

출발점이 다르다는 말에 용주는 의문을 품는다.

"오래달리기는 모두가 같은 출발점에서 출발하는 거 아닌가요?"

"저도 그런 줄 알았죠. 하지만 인생에서의 오래달리기는 다르더라고요. 부유한 부모님을 만나, 비싼 교육비를 투자해 가며 서울대에 입학한 학생과 가난한 동네에서 책한 권 사기 힘들어, 책이 닳도록 공부해 서울대에 간 학생의 출발점이 어떻게 같겠어요."

"그러고 보니 맞는 말씀이네요."

승태는 깊은 한숨을 내쉰다.

"세상이 불공평해도 받아들이는 수밖에요. 그게 편하게 살아가는 방법이었으니까요. 대신 그 친구들이 출발하는 출발점이라도 따라가고자, 속도를 미친 듯이 올렸죠. 그래야 경기를 다시 시작해 볼 만하니깐요."

누군가는 포기할 법한 상황에서 승태는 오히려 속도를 올렸다.

"맞아요. 숨이 턱 끝까지 차올라 넘어지기 일보 직전인데, 앞만 보고 달렸어요. 그러다 보니 원하는 곳에 도착할 수 있었죠. 도착했을 때는 엄청 기분이 좋았죠. 불공평한 세상 속에서 이겼다는 생각에 말이죠. 하지만 어느 순간 공허함과 함께 허무가 찾아오더라고요. 제가 도대체 무엇을 위해 이렇게 달렸는가? 제 인생의 1막은 그렇게 끝이 났어요."

용주는 이미 많은 것을 이루고, 가진 그에게 의문을 품는다.

"손님은 돈이 있으시잖아요. 지금은 유리한 위치에 계신 거 아닌가요?"

"돈은 있어도 반짝이는 그 시기에만 할 수 있는 것들이 있더라고요."

"조금 전까지는 지금도 늦지 않았다면서요?"

승태는 고개를 떨구며 말한다.

"물론 저는 얼마든지 새로 꿈꿀 수 있죠. 하지만 저만 꿈을 꾼다고 해서 시간이 저를 기다려주지는 않더라고요. 우리는 과거로 돌아갈 수 없잖아요. 다섯 살짜리 딸아이가 놀이공원에 가자던 약속은, 더 이상 이룰 수 없는 약속이 돼버렸거든요. 그때는 경쟁에서 뒤처지지 않기 위해 하루하루를 보냈었거든요."

"이야기를 들을수록 점점 복잡해지네요."

"돈이 있어도 그 돈이 어디로 가야 할지 방향을 모른다면, 결국엔 길을 잃고 사라지더라고요. 말이 돌고 돌아 여기까지 왔네요. 제가 용주 씨에게 드리고 싶은 말씀은 지금도 늦지 않았으니 꿈꿔보라는 거예요."

이유를 알고 달리는 순간, 출발점이 비록 다르다 해도, 충분히 따라잡아 볼 만하다는 것을 승태 역시 간절히 느껴보고 싶어 한다.

"어쩌면 따라잡는다기보다, 결승점까지 가는 지점에서 자연스럽게 따라잡은 걸지도 모르겠고요."

"하지만 하고 싶은 게 뭔지 잘 모르겠는데요?"

승태는 미소를 지으며 말한다.

"그러니 지금 하고 싶은 것들을 하나씩 채워나가 보면 되죠. 저도 그래서 종이를 받은 거고요."

용주는 한참 동안 종이를 바라보다, 번뜩이는 아이디어가 떠올랐다.

"그러면 저희 이렇게 해보는 거 어때요?"

"어떤 거요?"

"한 달 동안 버킷리스트를 쓰고 서로, 이야기 나눠보는 겁니다. 우리 둘 다 지금 하고 싶은 게 뭔지 잘 모르잖아요. 그러니깐 일단 하고 싶은 것들을 한번 채워나가 보자고요, 하고 싶은 게 뭐였는지 과거의 기억을 계속 떠올리기 보다는 말이죠."

승태는 흥미로운 제안에 답한다.

"괜찮은데요?"

"그리고 한 달 뒤에 이 종이에 하고 싶은 것들을 채워, 술안주로 함께 이야기 나눠보자고요."

용주는 막상 실행하려니, 다시 걱정이 앞선다.

"하고 싶은 것이 터무니없으면 어쩌죠?"

승태는 그의 의견을 존중하며 말한다.

"실현될 수 없으면 어때요. 공상도 결국 술안주가 되잖아요. 혹시 알아요. 터무니없는 공상이, 현실이 될지는 아무도 모르잖아요."

"좋아요. 일단 적어봐요. 적다 보면 하고 싶은 게 뭔지 찾을 수 있겠죠."

"네. 일단 적고 보자고요. 그리고 한 달 뒤에 만나, 다시 이야기 나누기로 해요."

그들은 서로에게 아주 든든한 친구가 돼가고 있었다.

8. 여덟 번째 밤,
취중 진담

용주는 버킷리스트를 함께 쓰기로 약속한 날부터, 무엇을 쓸지 고민이 됐다. 여전히 막막하다.

"사장님, 버킷리스트를 채우는 게 쉽지 않네요."

민수는 당연하다는 듯 말한다.

"채우기 쉽지 않다는 건 그만큼 용주 너가 자신을 돌아볼 시간이 없었다는 거지. 주어진 삶을 살아오는 데만 너무 급급했으니, 말이야."

원하던 대답을 듣지 못한 용주는 말한다.

"정곡을 찌르시네요."

"대부분 사람이 다 비슷하더라고. 지금도 서울에 밤거리를 걷는 수많은 사람을 봐. 모두 정신없이, 바쁘게 달리고 있잖아. 심지어 아직도 불이 켜진 사무실도 있어."

용주는 의문을 품으며 말한다.

"아무 일 없이 휴대전화만 보는 것보다는, 그래도 바쁘게 사는 게 훨씬 낫긴 하지 않나요? 사회에 굴러가고 있다는 생각도 들고 말이죠."

"네 말도 일리가 있지. 뭘 할지도 모르고 휴대전화만 보며 의미 없이 시간을 보내기 보다는, 바쁘게 사는 게 훨씬 낫다고 생각하거든."

그러나 민수가 진정으로 궁금했던 것은 바쁘게 사는 사람들이 아닌, 바쁘게 움직이는 이유를 아는 사람이 몇이나 되냐는 것이었다. 우리 모두 사회가 만들어 낸, 바쁘게 살아야 한다는 강박 속에 스스로를 돌아 볼 여유조차 없이 살기 때문이다.

이야기가 무르익으려 하니, 다시 주문이 들어온다.

"오늘은 바쁘지 않으니깐 내가 안주 만들게. 잠시 쉬면서 고민하고 있어. 생각나지 않는다면 다른 사람들이 쓴 버킷리스트를 참고해 봐."

타인의 버킷리스트를 통해 자신이 경험해 보지 못한 세계를 간접 체험하는 것. 버킷리스트의 또 다른 묘미라 할 수 있다.

"그런 방법이 있었군요."

용주는 검색창에 '버킷리스트 추천'이라 검색한다. 용주는 타인이 세운 수많은 버킷리스트 목록 중 자신이 채워 나가고 싶은 것들을 하나하나 옮겨 적는다.

'헌혈하기, 나무 심기? 에이! 이런 건 지금 당장도 할 수 있는 거잖아. 죽기 전에 하고 싶은 버킷리스트가 고작 이런 거라고?'

용주는 계속 스크롤을 내리며 자신에게 맞는 버킷리스트를 찾아본다.

'그래, 꿈은 크게 가지는 거랬어!'

- 스포츠카 사기
- 연예인 친구 만들기
- 서울에 아파트 사기
- 매월 천만 원 벌기
- 경제적 자유 얻기
- 명품으로 몸을 도배하기

'이 정도는 돼야 버킷리스트라고 할 수 있지. 헌혈하고 나무 심는 것보다 꿈다운 꿈이야.'

용주는 자신도 버킷리스트가 채워지고, 지금껏 없던 꿈

이 생겨난 것 같은 기분에 뿌듯해한다.

'굳이 한 달의 시간을 쓸 필요도 없었네. 다른 사람들 것 보니 금방 답이 나오네.'

당장이라도 승태 손님에게 자신이 채운 버킷리스트를 이야기하고 싶지만, 아직 시간이 남았기에 용주는 민수에게 먼저 버킷리스트를 자랑하려 한다.

"사장님, 바쁘세요?"

민수는 요리하며 말한다.

"배추전 만드는 중인데 금방 끝날 거 같아."

"배추로도 전을 만들 수가 있어요?"

"그럼. 배추전 안 먹어 봤지?"

"네, 처음 봐요."

민수는 하얀 김이 피어오르는 뽀얀 배추전을 접시에 담는다.

"나중에 알려줄 테니까 집에서 한번 따라 해봐. 늦은 밤 술안주로 이만한 게 없거든."

"그러게요. 엄청 먹음직스러워 보이는데요."

"밤에 살도 안 찌고 다음 날 일어났을 때도 부담이 없거든. 그나저나 찾던 이유는 뭐야?"

용주는 다시 본론으로 돌아간다.

"다름이 아니라, 버킷리스트 만들었거든요. 확실히 사장님 말씀처럼, 타인이 세워놓은 것들 참고하면 도움이 많이 되더라고요."

민수는 놀라며 말한다.

"그래? 생각보다 빠르게 채웠는데? 어떤 건지 알려줄 수 있어?"

용주는 스포츠카 구매를 시작으로 그가 채워나간 버킷리스트를, 민수에게 보여준다. 민수는 용주가 작성한 버킷리스트를 천천히 따라 읽어본다.

"스포츠카 사기, 연예인 친구 만들기, 매월 천만 원 벌기. 생각 안 난다고 하더니, 적기는 했네. 이유를 물어봐도 돼?"

용주는 예상치 못한 민수의 반응에, 당황한다.

"어떤 이유요?"

"네가 버킷리스트에 이것을 작성한 이유 말이야. 이유 없이 적지는 않았을 거 아니야."

"사장님이 다른 사람들의 버킷리스트를 한 번 참고해보라 하셨잖아요. 그래서 검색해 봤죠. 물론 다른 것들도 있있는데 저한테 와닿는 것들은 이것들이더라고요. 스포츠카 타고, 연예인 친구도 있는 데다, 월 수입이 천만 원이면, 성공한 삶이지 않을까요?"

"그래? 용주 너가 생각하는 성공한 삶의 기준은 뭔데?"

용주는 당황하며 말한다.

"그야, 남들이 봤을 때, 남부럽지 않은 삶을 사는 거죠. 누가 봐도 성공한 삶처럼 보이잖아요."

"남부럽지 않은 삶은 어떤 건데?"

"돈 많이 벌고, 호화로운 저택에서 비싼 차를 모는 사람이지 않을까요? 사람들이 '나도 저런 곳 살고 싶다.' 생각하는 곳에 사는 사람이요."

"그걸 다 가지면 성공한 삶인 거야?"

용주는 파고드는 질문 세례에 점점 심기가 불편해진다.

"네. 성공한 삶이죠. 지금까지 봐왔을 때는 말이죠. 대부분 사람이 그렇게 살기를 원하고, 그것을 누릴 수 있는 사람이 한정적이라면 말이죠. 뭐든지 희소성이 있어야 그 가치가 더 의미 있게 다가오잖아요. 사장님이 비 오는 날에만 파전을 주문받는 것처럼 말이죠."

민수는 한참을 고민한 뒤 말한다.

"내 생각을 솔직히 말해줄까?"

용주는 민수의 평이 궁금하면서도, 부정적이지는 않을지 불안하다.

"네. 말씀해 주세요. 받아들일 준비가 돼 있어요."

"너의 버킷리스트가 맞는지 의구심이 들었어."

"그게 무슨 말이에요? 비록 타인이 쓴 버킷리스트를 참고하기는 했어도, 이건 타인의 버킷리스트가 아닌 제가 만든 버킷리스트라고요."

"보여주기식 버킷리스트 같아 보였어. 자신의 만족이 아닌, 비교 대상이 없고 박수칠 사람이 없다면 하지 않았을 버킷리스트 말이야."

용주는 기분이 상해 언성을 높인다.

"그럼, 사장님의 버킷리스트는 어떤 건데요. 어떤 걸 가지고 계시길래, 제 버킷리스트에 대해 그렇게 말하시는 건데요."

"네가 쓴 버킷리스트를 부정하려고 한 말은 아니야. 단지 한 번 더 생각을 해봤으면 좋겠다는 거지. 저기 팔에 타투하신 여성분 보이지?"

"고래 타투하신 분요?"

"그분께 배추전 드리고 와. 그리고 버킷리스트에 관해 이야기해봐. 느껴지는 게 있을 거야."

박수칠 사람이 없다면 하지 않았을 버킷리스트. 민수는 그 이유를 명확하게 설명하지 않고, 자꾸만 돌려 말한다. 용주는 명확한 이유를 설명해 주지 않는 민수가 답답하기만 하다.

"좋아요. 이번에도 원하지 않는 답을 얻지 못하면 그냥 버킷리스트고 뭐고, 다 없던 일로 하려고요."

"그렇게 된다면 언젠가는 네가 계속 삶을 살아가는 이유가 흔들리는 순간이 찾아올 거야. 그저 이유 없이 열심히만 살고 있겠지."

"굳이 삶의 이유를 찾지 않고, 흘러가는 대로 살다가 죽으면 되죠."

"일단은 가서 한번 이야기 나눠봐."

"네. 그렇게 할게요."

용주는 배추전을 챙겨 그녀에게 다가간다.

"손님 주문하신 배추전 나왔습니다."

"감사합니다. 잘 먹을게요."

용주는 조심스레 그녀에게 인사를 건넨다.

"저는 이용주라고 해요. 얼마 전부터 사장님과 함께 일하고 있어요."

그녀는 그와 눈을 맞춘 뒤 반갑게 인사한다.

"반가워요. 저는 김혜진이라고 해요."

"사장님과 버킷리스트와 꿈에 관해서 이야기 나누고 있었거든요. 사장님이 제 버킷리스트를 보시고는 혜진 씨와 이야기해보라고 하셔서."

혜진은 술잔을 채우며 말한다.

"처음 사장님이 제게 배추전을 만들어주신 날이 생각나네요."

뜬금없는 그녀의 이야기에 용주는 당황한다.

"배추전이요?"

"아하하…. 아니에요. 그런 사연이 있어서요. 저도 괜찮다면 그 버킷리스트를 볼 수 있을까요?"

"네 보여드릴게요."

용주는 버킷리스트가 적힌 종이를 가져온다.

- 스포츠카 사기
- 연예인 친구 만들기

– 서울에 아파트 사기
– 매월 천만 원 벌기
– 경제적 자유 얻기
– 명품으로 몸을 도배하기

혜진은 천천히 읽어보더니, 잠시 후 물어본다.

"사장님께서 이런 말씀 안 하시던가요?"

"어떤 거요?"

"박수칠 사람이 없다면 하지 않았을 버킷리스트 같다고 말이에요."

용주는 놀라며 말한다.

"네 맞아요. 정확히 그렇게 말씀하셨어요."

혜진은 미소를 지으며 말한다.

"왜 사장님께서 저와 대화를 나눠보라 하셨는지 알 것 같네요."

"제 버킷리스트가 잘못됐나요? 뭐가 문제죠?"

혜진은 젓가락을 내려놓고 말한다.

"1년 전 일을 이야기해 드릴게요."

용주는 그녀의 이야기 속에서 답을 찾을 수 있다는 기

대에, 수첩을 꺼낸다. 그러자 혜진은 당황하며 말한다.

"엄청 대단한 이야기는 아니에요. 그냥 마음 편하게 들어주세요."

"네. 그렇게 할게요."

용주는 수첩을 다시 주머니에 넣고, 그녀의 이야기에 귀를 기울인다.

"저는 1년 전까지만 해도 노래를 해왔어요. 어릴 때부터 부끄러움이 없었고, 사람들 앞에서 자신있게 노래를 불렀거든요. 영재라는 이야기를 듣기도 했었죠. 발성이 좋고, 습득력도 빨라 선생님마다 칭찬을 아끼지 않으셨죠. 그 당시 상이란 상은 제가 다 휩쓸었던 것 같아요."

"그럼, 혜진 씨의 꿈은 가수였겠네요?"

"저도 그런 줄 알았죠. 가수가 되는 게 제 꿈이라 생각하고, 다섯 살 때부터 작년까지 25년을 그렇게 보내왔거든요."

"노래 부르는 게 좋아서 계속 불러왔던 거 아닌가요?"

"음악을 하던 20년 동안 노래가 좋다고 자신을 속이며 살아온 거죠."

그녀의 말이 용주는 이해가 되지 않는다.

"그게 무슨 말이에요?"

혜진은 물을 마시며 말한다.

"대회에 나갈 때마다 상들을 모두 휩쓸었다고 했잖아요. 덕분에 방송에도 출연하고, 뉴스 기사에도 실릴 수 있었죠. 사람들은 그런 제게 대단하고 한편으로는 부럽다고 박수를 쳐줬어요. 칭찬받는 그 기분이 좋았었거든요. 사람들에게 인정받고 박수받는 순간이 말이죠."

"그건 누구나 다 당연한 거 아닌가요? 칭찬받는 것을 싫어하는 사람이 어디 있겠어요."

혜진은 고개를 끄덕인다.

"물론 그렇죠. 근데 때로는 그 칭찬이, 위험하기도 하더라고요."

"칭찬이 위험할 수도 있나요?"

"사람들의 칭찬이 계속되니, 노래를 좋아한다는 착각 속에 살게 됐거든요. 시간이 지날수록 예전같은 역량이 나오지 않더라고요. 밑에서 자꾸 치고 올라오다 보니 대회에서도 좋은 성적이 나오지 않았죠. 예선전에서 자꾸만 떨어졌어요. 사람들의 기억 속에서 저는 점점 잊혀갔고요."

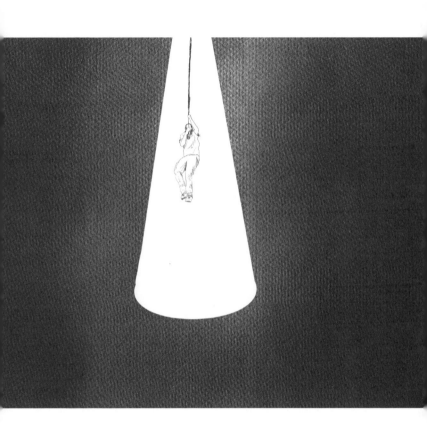

혜진도 몰랐을 것이다. 유망주라는 소리를 듣던 자신이, 주말까지 아르바이트하며 생활비에 헐떡이는 삶을 살 줄은 말이다.

"그럼, 노래를 부르는 것 자체가 즐거웠던 게 아니라 사람들 칭찬받는 그 순간이 즐거웠던 거네요?"

"맞아요. 저는 그 사실을 계속 부정하고 있었죠. 예전에는 노래를 부르는 게 너무 즐거웠는데, 이제는 노래를 불러도 즐겁지가 않거든요."

어느 순간, 그녀에게 노래는 숙제가 됐다. 주변 친구들은 학교를 졸업하고 직장을 다니며 돈을 벌고 있는데, 자신은 아르바이트로 돈을 벌고, 연습실로 향했으니 말이다. 자리를 잡아야 하는데 성과는 나오지 않으니, 도돌이표처럼 반복되는 삶의 무거움을 체감할 수 있었다.

"혜진 씨 말대로라면 굳이 노래가 아니었어도, 사람들에게 박수를 받을 수 있다면 그것을 했겠네요?"

"지금 생각해 보면 그게 노래가 됐든 춤이 됐든 재능이 있었다면 무조건 했을 것 같아요."

용주는 '박수칠 사람이 없다면 하지 않았을 버킷리스트'라는 민수의 말을 혜진 씨의 이야기를 듣자, 그 말의 뜻을 조금씩 이해할 수 있었다.

"사장님이 제 버킷리스트를 보며 왜 그렇게 말씀하셨는지, 이제야 알겠네요. 그후 어떻게 됐어요?"

"제 인생의 전부를 음악에 투자했는데 이제 와서 포기하기에는 너무 아깝더라고요. 가족들에게 포기하고 싶다고 말하기 두려웠고요. 노래가 좋다 해서 학원에 보내주고, 계속 노래를 부를 수 있게 지원해 줬는데, 하루아침에 음악을 그만둔다고 말씀드리려니 말이죠."

안타까운 마음에 용주는 말한다.

"그러게요. 가족들은 혜진 씨가 노래 부르는 것을 좋아하는 줄 알고, 지금껏 지원을 해주신 거잖아요. 말씀드리기도 쉽지 않겠는데요. 하루, 이틀도 아니고 20년을 지원해 주셨으니 말이죠."

"이후 이곳에 와서 정말 매일 술을 마셨던 것 같아요. 그런 말이 있잖아요. 술을 마시면 없던 용기도 생겨난다고. 저한테는 그 용기가 절실히 필요했거든요."

혜진은 답답할 때마다 이곳에 찾아와 하루에도 몇 번이고, 집에 문자를 보내려다 참았다고 했다.

"오늘은 꼭 가족들에게 말해야지, 다짐하지만 소주 한

병을 마시고 나면 용기는 사라지고, 취기가 찾아와 그 자리에 곤히 잠들어 버렸죠."

민수도 그런 혜진의 모습을 보고, 처음에는 깨워서 집에 보냈지만 나중에는 조용히 담요를 덮어줬다.

혜진은 배추전을 집으며 말한다.

"그러다가, 사장님께서 배추전을 제게 만들어주셨죠."

"지금 드시고 있는 배추전요?"

"네 맞아요."

"왜 배추전을 만들어 주신 걸까요?"

"포기는 배추 셀 때만 하는 법. 들어본 적 있으세요?"

용주는 목소리를 높이며 말한다.

"물론이죠. 포기하지 말라 할 때, 보통 그런 이야기 하잖아요."

"사장님은 배추전을 주시면서 이렇게 말씀하셨어요. 포기하는 게 도망치는 건 아니라고, 포기도 용기 있는 사람만이 할 수 있는 거라고요."

혜진은 지금이 포기해야 할 때인지 아닌지, 너무나 잘 알고 있었다.

"그때 저는 집에 전화를 걸 수 있었죠. 계속 고민만 한다고 해서, 답이 나오는 게 아니니까요."

용주는 혜진의 이야기 속에서, 직장을 그만두던 자기 모습을 발견할 수 있었다.

"부모님의 목소리를 들으니깐 눈물부터 나더라고요. 부모님과 떨어져 서울에 올라온 지도 꽤 됐었죠. 부모님은 제가 갑자기 울음을 터트리니 당황하며 물어보셨어요."

· · ·

"왜 그래, 혜진아. 무슨 일 있어? 어디야 지금?"

혜진은 흐느껴 울며 말한다.

"엄마, 나 이제 더 이상 노래를 부르고 싶지 않아."

혜진의 어머니는 당연히 놀랐다.

"그게 무슨 소리야? 다시 얘기해 봐."

"엄마 나 이제 더 이상 노래가 즐겁지 않아. 노래를 그만두지 않으면 내가 괜찮지 않을 것 같아."

정적이 흘렀다.

"혜진아, 일단 집에 와서 이야기할까?"

• • •

"그길로 저는 새벽 첫차를 타고 본가인 목포에 다녀왔어요. 가서 부모님과 진지하게 제가 어떤 상황인지에 대해서 말씀드렸죠."

"집에서는 뭐라고 하시던가요?"

"말해 줘서 고맙다고 하셨어요. 제가 말하지 않았더라면, 슬럼프를 겪는 줄만 알고 계속 견디라고만 했을 거라고요. 그리고 제게 결과가 나오지 않아도, 과정 자체가 즐거운 것을 찾아보라고 하셨어요."

혜진의 어머니는 이루지 못하면 불행해지는 것이 아닌, 즐기며 하다 보면 혜진을 좋은 곳으로 데려다 줄 일을 찾기를 바란다고 했다.

"그 일을 찾으셨나요?"

"네, 찾았죠."

용주는 놀라며 묻는다.

"그게 뭔데요?"

혜진은 물을 한 잔 마시며 말한다.

"우연히 중학교 담임선생님께서 제게 연락이 오셨어요.

모교 학생들을 대상으로 강연을 해줄 수 없냐고 말이죠.
당시에만 해도 학교에서 예체능 쪽으로 방송도 출연하고,
활동을 하던 건 제가 유일했거든요."

"하지만 더 이상 노래를 하지 않기로 마음먹은 거 아니
었나요? 학생들을 속이고 강연을 한 건가요?"

"저도 학생들을 속이는 건 양심의 가책이 느껴져서 도
저히 할 수가 없겠더라고요. 그리고 담임선생님께 다시
말씀드렸죠. 이제는 노래를 그만둬서 학생들에게 이야기
해 줄 수 없을 것 같다고 말이죠."

"그랬더니요?"

"굳이 노래가 아니어도 되니, 지금의 과정을 먼저 거쳐
온 선배로서 해주고 싶은 이야기를 전해달라고 하셨어요."

용주는 다음 이야기를 궁금해하며 묻는다.

"어떤 이야기를 전해주셨는데요?"

"박수칠 사람이 없다면 하지 않았을 꿈과 버킷리스트
이야기를 했죠. 노래를 시작한 순간부터 포기하고 새로운
걸 찾는 순간까지의 과정들을 학생들 앞에 솔직히 말했어
요. 겉으로 보기에는 대단해 보일 수 있어도 전혀 그렇지
않다고 말이죠."

혜진은 그날 학생들에게 자신 역시 꿈을 찾아가는 과정에 있다고 이야기했다. 학생들은 포장된 그녀의 이야기가 아닌, 꾸밈없는 그녀의 이야기에 귀를 기울였다.

"…."

"저는 그 자리에서 주변 사람들이 원하는 '나'의 모습이 아닌, 자신이 원하는 '나'의 모습. 결과가 나오지 않아도 과정 자체가 즐거운 무언가를 했으면 좋겠다고 전했죠."

"어떤 것이 혜진 씨에게 과정 자체의 즐거움을 느끼게 해줬나요?"

"그날 강연을 하고 얼마 뒤, 방과 후에 학생들을 대상으로 노래를 가르쳐줄 수 있냐는 제안을 받았어요. 그때부터 방과 후 음악을 가르치는 선생님을 하고 있죠. 대회에 나가서 상을 탈 때보다 학생들에게 노래를 가르쳐줄 때가 뿌듯하고, 즐겁더라고요. 그래서 지금은 방과 후 학생들에게 노래를 가르치고, 퇴근 후 함께 노래했던 친구들과 거리에 나와 버스킹도 하고 있어요."

용주는 자기 일처럼 기뻐하며 말한다.

"이제 정말 노래를 즐기게 되셨네요?"

혜진은 어느 순간, 하루하루 충만한 삶을 살고 있음을

알 수 있었다. 내일이 찾아오지 않았으면 좋겠다고 생각한 하루들이, 내일을 기대하게 만들어줬으니 말이다.

용주는 혜진 씨와의 대화를 통해 큰 깨달음을 얻을 수 있었다. 왜 사장님이 자신의 버킷리스트를 보며, '박수칠 사람이 없다면 하지 않았을 버킷리스트'라고 했는지. 그녀의 이야기를 통해, 민수의 말이 마치 살아 숨 쉬는 언어처럼 다가왔다.

"이야기해주셔서 너무 감사해요."

"도움이 됐을지 모르겠네요."

용주는 미소를 지으며 말한다.

"도움이 됐고 말고요. 하마터면 꿈과 버킷리스트를 부정하며 모두 찢어버릴 뻔했거든요. 여쭤보고 싶은 게 있는데요, 실례가 아니라면요."

혜진은 술을 한 모금 마시며 고개를 끄덕인다.

"팔에, 고래 타투는 어떤 의미에요?"

혜진은 용주가 타투를 잘 볼 수 있게 용주 쪽으로 팔을 들어 올렸다.

"작년에 새긴 거예요."

"뭔가 의미가 있을 것 같은데요."

"과거에 선원들이 처음 바다에 나갔을 때 고래를 잡고 돌아오면 고래를 새겼다고 해요. 두려움을 이겨내고 자신을 지켜달라는 의미로 말이죠. 지금 제 상황이 그렇더라고요. 새로운 도전 앞에 놓인 제 모습이, 그 시절 바다로 향하던 선원들과 같아서요. 미래에 대한 불안과 새로운 도전 앞에서, 가슴 뛰던 그 순간을 잊지 않고 싶더라고요."

● ● ●

마감시간이 됐다. 용주는 테이블을 정리하며 민수에게 말한다.

"혜진 씨와 대화를 나눴어요."

"도움이 좀 됐을까?"

용주는 웃으며 말한다.

"네. 도움이 됐고 말고요. 아까 버릇없이 말해서 죄송해요. 사장님의 진심도 모르고 제 감정만 앞서서 말했던 것 같아요."

"아니야. 나도 이유는 말해주지 않고, 그렇게 이야기해서 미안해."

용주는 자신에 찬 표정으로 말한다.

"그리고 이제 정말로 제가 원하는 꿈과 버킷리스트를 써보려고요. 단지 결과가 아닌 과정 자체를 즐길 수 있는 것을 말이죠."

"좋아. 응원할게."

용주는 전에 썼던 버킷리스트를 가져온다.

"다 찢어 버리고 새로 써야겠어요."

"굳이 그럴 필요가 있어?"

"이건 보여주기식 버킷리스트에 불과하잖아요."

민수는 용주의 손을 잡고는 말한다.

"용주야, 처음 나한테 안주 배우던 날 기억해?"

"그럼요. 기억하고 말죠. 간을 못 맞춰서 엄청 애먹었는데요."

"간을 맞추기 위해서 내가 어떻게 했지?"

"국이 싱거우면 재료들을 더 넣고, 짜면 육수나 물을 더 넣으셨죠."

"우리 인생도 안주 만드는 과정과 크게 다를 게 없다고 봐."

용주는 찢으려던 버킷리스트를 내려놓는다.

"어떤 점에서요?"

"끊임없이 연구해야 하는 거지. 음식의 간이 맞지 않다고 해서, 음식을 버리지 않잖아. 새까맣게 탄 게 아닌 이상 얼마든지 다시 활용할 수 있다는 말이야. 네가 처음 작성한 버킷리스트도 단지 성장의 순간들이었던 거지. 찢어 버릴 필요는 없다고."

그가 시행착오를 거치며 연구한 안주에서 전하고자 한 것은, 인생 역시도 안주처럼 계속 탐구해야 한다는 사실이다. 처음부터 완벽한 안주는 존재할 수 없듯, 인생 역시 처음부터 완벽한 인생은 불가능하다. 용주의 날갯짓은 하나의 시도일 뿐, 실패작이 아니다. 그렇다면 우리의 삶 역시 계속해서 재료들을 더해가며, 풍요롭고 완연해지는 과정이지 않을까. 예술도, 발명도 실수를 통해 시작되고 완성되니 말이다.

"사장님, 또 한 가지 궁금한 게 있어요."

"뭔데?"

"취중 진담요. 사람들이 술을 마시면 술기운에 용기가 생겨, 하지 못한 말을 하게 되는 거요. 저는 주정 부린다고 생각하거든요."

용주는 미소를 지으며 말한다.

"어떤 점에서?"

용주는 말을 이어나간다.

"예를 들면 이런 거죠. 술에 취해 전 여자친구에게 전화한다거나, 좋아하는 사람한테 사귀자고 하는 거 말이에요. 평소에는 하지 못하니, 술의 힘을 빌려 말하는 거잖아요. 제 친한 친구도 술기운에 본인이 좋아하던 사람에게 사귀자고 말했다 하더라고요. 아무래도 계속 볼 사이다 보니, 그냥 말했다가는 관계가 어색해질 것 같아, 비겁하게 술기운에 전화해서 사귀자고 고백을 한 거죠."

"그래서 고백을 받아줬나?"

"제대로 까였죠. 더 재미있는 게 뭔지 아세요? 그렇게 술에 취해 전화로 고백하고는, 그날 일에 대해 모른척했다 하더라고요. 제 친구지만 참 부끄럽다는 생각이 들었죠. 변명은 늘어놓지만 다 핑계 같고요."

"친구도 확신과 용기가 서지 않았구나. 근데 갑자기 그 이야기는 왜?"

용주는 다시 이야기의 원점으로 돌아온다.

"혜진 씨가 술을 마시고 집에 전화한 건, 주정일까요?"

민수는 잠시 생각하다가 말한다.

"혜진 씨의 행동은 주정이라기보다는 취중 진담이라 생각이 드는데."

용주는 차이를 설명하기 어려운 두 단어를 떠올리며 말한다.

"주정과 취중 진담은 어떻게 다를까요? 어떻게 받아들이냐에 따라 다른 거 아닌가요?"

민수는 잔을 정리하며 말한다.

"취중 진담은 술에 취한 상태에서 털어놓는 진심이 우러나온 말이라고 흔히들 이야기해. 반면, 주정은 술을 마시고 정신이 온전치 못한 상태에서 취하는 행동인 거지. 결국 술을 마시면서도 정신을 잘 부여잡고 한 이야기라면 취중 진담이 되는 것이고, 그렇지 않다면 주정이 되는 거라고 나는 생각해. 자기 자신이 제일 잘 알 거 아니야."

용주는 흥미로운 표정으로 말한다.

"혜진 씨가 다음날 술에서 깼을 때, 어젯밤 자신이 한 말이 기억나지 않는다면 주정이라는 건가요?"

"맞아. 이미 잡고 있던 줄이 끊어졌는데, 그 말에 대한 책임을 어떻게 지겠어."

"취중 진담은요?"

"적어도 그곳에 자신의 진심이 들어가 있지 않을까. 물론 정신이 붙잡힌 상태에서 말이야."

"평소에 하지 못할 이야기라면, 술마실 때는 더욱 하면 안 되는 거 아닌가요? 감정이 더 격해지잖아요."

"용주 너 말도 맞지. 그런데 어쩌겠어. 그렇게라도 하지 않으면 이야기 나눌 시간이 없는데."

현대인들은 삶의 여유를 찾기 힘들다. 진지한 이야기를 하려면 그 분위기를 서서히 만들어야 한다. 그러나 우리는 너무 바쁘다 보니, 앉아서 여유롭게 들어줄 시간이 없다. 우리의 집중력은 이미 바닥이 나버렸고, 당장의 이익만 생각하며 달려가고 있다.

세상이 워낙 빠르게 돌아가다 보니, 마주 앉아 한 잔 기울일 시간조차 사라져 간다. 그럼에도, 함께 술을 마실 때만큼은 온전히 그 대화에만 집중할 수 있다. 술자리에서만 할 수 있는 대화란, 그렇게 생긴 말이지 않을까. 술을 통해 얻고자 했던 것들 중 '용기'도 있지만, 다른 모든 것으로부터 잡음을 차단하고, 온전히 함께하려는 '시간'일지도 모른다.

9. 아홉 번째 밤,
잔을 따를수록 흘러가는 시간

서울의 밤에 손님들이 줄을 서기 시작했다. 대학교 축제 기간, 주점들이 '대목'을 맞이한 것이다. 갑자기 늘어난 손님들을 대하느라 용주는 정신이 없었다. 민수는 생각 끝에 영업시간을 절반으로 줄였다. 마감시간인 새벽 3시까지 장사를 하면, 다음날 국숫집 사장에게 낮자리를 말끔히 비워주기 어렵겠다는 판단이 선 것이다. 결국 자정에 문을 닫기로 했다.

"새벽 3시까지 열었으면, 다음날 출근 못했을 것 같아요. 사장님께서 정말 판단을 잘 내리셨네요."

"매년 축제 기간이면 이렇게 바빠. 장사 한두 번 해본 것도 아니고 여기서만 5년인데, 이제는 파악했지. 노하우가 쌓였거든."

노하우. 그 노하우라는 게 용주도 조금씩 쌓이고 있다. 축제기간 장사를 이틀 경험해 보니, 셋째 날에는 첫날, 둘

째 날보다 시간을 아낄 수 있었다. 여유가 좀 생겨 잠시 쉬던 용주에게, 민수가 버킷리스트 이야기를 다시 꺼낸다.

"용주야."

"네 사장님."

"혜진 씨랑 이야기하면서, 버킷리스트는 좀 채워봤어?"

용주는 놀랐다.

"아 맞다."

대화하는 동안은 대화에 빠졌지만, 대화가 끝나고 혜진 씨를 보낸 후에는, 그 생각이 묻혀버린 것이다. 민수는 짐작이 간다는 듯한 미소를 지었다.

"내가 버킷리스트를 붙여 놓는 게 그래서야. 바쁜 일상에 치이다 보면 꿈에서 또 멀어지고, 예전으로 돌아가거든."

"정신없이 일하다 보니, 눈앞에 닥치는 일만 쳐내고 있었네요."

도시에 사는 대부분의 직장인이 그렇다. 일에 치여 소중한 것을 둘러볼 시간이 없다. 소중한 것은 그렇게 조용히, 서서히 잊혀 간다.

"내가 정리 하는 동안 생각해 봐. 결국 모든 것은 계속 생각하지 않으면 잊히고 묻힐 수밖에 없어. 그게 아무리

간절하던 것이라도 말이야."

"감사해요."

용주는 굳이 지켜보는 사람이 없어도 죽기 전 시도해 보고 싶은 무언가에 대해 곰곰이 생각해 본다. 지난 대화들을 다시 떠올리며, 고민하다가 용주는 결국 한 가지를 쓸 수 있었다.

– 세계 일주하기

승태씨와 다시 만나 버킷리스트를 꺼내는 날 드디어 이야기할 것을 정한 것이다. 그러나 용주는 자신이 적고도 어이가 없는지 그만, 웃고 말았다. 속칭 'N포 세대'인 자신이 세계일주라? 가까운 동남아 여행도 사치인 처지에, 퇴직금을 까먹으며 최저시급 아르바이트를 하고 있는 마당에 세계일주라니, 너무나 머나먼 꿈처럼 느껴졌다.

하지만, 그래도 민수에게 보여주겠다고 용기를 내본다. 함께 고민해 준 민수에게는 말하기로 한다. 그에게 입을 다무는 건, 예의 또는 의리가 아니라는 생각에 말이다.

"사장님, 버킷리스트를 찾았어요."

"그래? 어떤 건데?"

용주는 잠시 머뭇거린다. 그런 용주를 보며 민수가 말

한다.

"괜찮으니까 말해 봐."

용주는 망설이며 말한다.

"세계일주요."

민수는 환하게 웃으며 말한다.

"세계일주? 근사한 꿈인데."

용주는 솔직한 심정을 꺼낸다.

"근데 이렇게 버킷리스트는 써도 솔직히 말해 시도는 못할 것 같아요. 자꾸만 저와 타협하게 되더라고요. 저는 현재 안정적인 직장도 없고, 결혼도 생각 못할 처지니까요. 그냥 이렇게 꿈에 관해 이야기할 때 즐겁다는 것에 의미를 두려고요. 꿈 하나 없던 제가, 적어도 꿈이라는 것이 생겼으니 많이 발전한 거죠."

민수가 안타까운 표정으로 묻는다.

"현실과는 너무 멀게 느껴져서 그러는 거야?"

"네, 솔직히 말하면 그게 제일 크죠."

"네가 여기서 일하게 해달라고 할 때, 나한테 했던 말 생각나?"

"어떤 말이요?"

"네가 진정으로 하고 싶은 것을 하기 위해 직장에서 나왔다고."

용주는 고개를 숙였다가 끄덕인다.

"맞아요. 그랬었죠."

"버킷리스트를 적어 가면서 세계일주라는 꿈을 찾아낸 거 아니야?"

"맞아요. 그전까지는 하고 싶은 게 뭔지도 몰랐으니깐요."

민수는 용주의 눈을 바라보며 말한다.

"그런데, 지금 네 모습은 하고 싶은 것을 찾고 그것을 해내고자 직장을 나온 그때의 너와는 많이 달라 보이는데?"

용주는 민수의 말에 곧바로 순응한다.

"그 말씀도 맞아요. 그래도 이제는 적어도 하고 싶은 게 뭔지는 알게 됐잖아요. 꿈을 이루기보다는 간직하기만 하려고요. 꿈이 없던 제가 꿈이 생겼다는 것에 감사하면서 말이죠. 꿈이 없는 사람보다는 적어도 한 단계 더 높은 곳에 올라왔다고 생각해요. 꿈이라도 있으면 삶을 살아가는 이유라도 생길 수 있잖아요. 일할 때 동기부여도 되고 말이죠."

민수의 목소리가 높아진다.

"꿈은 꾸는 것이 아니라, 이루는 것이라고 하잖아. 꿈이 있다고 해도, 그 꿈과 가까워지려 하지 않으면, 무의미한 것 아닐까?"

용주가 민수의 눈을 바라보며 말한다.

"버킷리스트를 적다가 그런 생각이 들더라고요. 꿈이라는 건 이루는 순간 꿈이 아니잖아요. 그러니 꿈은 이루는 것보다 간직하는 편이 오히려 낫다고 생각했죠."

"나는 오히려, 그래서 버킷리스트가 존재한다고 생각하는데. 하나를 이룬 다음에도, 또 하고 싶은 게 있잖아. 꿈을 하나 이루고 끝나는 것이 아니라 또 다시 새로운 도전을 시작하는 거지."

"결국 그것도 다 이루고 나면, 다시 꿈이 사라지는 상태로 돌아오는 거 아니에요?"

"그렇게 되면 다시 지금과 같은 순간으로 돌아온다고 생각하니?"

"네. 원점으로 돌아오겠죠. 꿈은 이루면, 사라지니깐요."

"내 생각은 달라. 나는 삶이 아주 충만한 상태가 될 거라 생각해. 네가 게임을 한다고 해봐. 게임에서 최종 보스는 네 꿈이자 최종 목표고. 무턱대고 보스와 싸울 수는 없잖아."

용주는 자신있게 말한다.

"레벨업을 해야겠죠."

"레벨업을 하기 위해서는 어떻게 해야 해?"

"그야, 아주 약한 몬스터부터 잡으면서 경험치를 쌓아 나가야죠."

"그렇지. 네가 무찌르고 싶은 최종 보스를 당장 상대할 힘이 되지 않으니, 차근차근 단계를 밟아 나가야겠지? 누군가는 그 과정이 싫어서 보스를 잡기도 전에 포기해 버리고."

민수의 말에, 용주의 고개가 떨어진다. 민수는 계속 말을 이어나간다.

"용주야. 게임에 참여한 캐릭터는 최종 보스를 잡았으면 목표가 없었던, 게임에 참여하기 전으로 다시 돌아가는 거야?"

"그건 아니죠. 몬스터를 잡아가면서 레벨업을 했잖아요. 이제는 같은 공격을 당하더라도 타격의 힘이 달라지죠. 예전 같았으면 한 대 맞았으면 금방 쓰러졌겠지만, 이제는 몇 대 맞아도 거뜬히 버틸 수 있지 않을까요? 경험치라는 게 쌓였으니 말이죠."

민수가 웃으며 말한다.

"그렇다면, 꿈을 이루면 그 꿈이 사라진다 해도, 용주
너는 처음 꿈이 없었을 때와는 확연히 다른 모습이지 않
을까? 너도 그 과정에서 도전과 실패를 거듭하며 경험치
가 쌓였을 거잖아."

용주는 잠시 생각에 잠긴다.

"네가 처음 목표했던 보스를 무찌르고 나면, 네 앞에는
또 새로운 던전이 나타날 거야. 그 던전으로 나아갈지, 여
기 머물지는 네가 정하는 것이고. 처음 목표했던 최종 보
스를 무찌른 다음, 여기서 게임을 멈추고 싶다면 멈추어
도 돼. 그건 너의 선택이니깐. 온전한 너의 선택이기에 누
가 강요할 수도 없는 거야."

"하지만 인생은 게임처럼 죽어도 부활할 수가 없잖아
요. 한 번의 선택이 삶을 소생 불가능하게 만들 수도 있는
데요. 그러니, 실제 삶에서는 훨씬 신중해야 하는 거 아닌
가요?"

민수는 고개를 끄덕인다.

"맞아. 모든 것에는 결국 끝이 있지. 하지만 죽는 게 무

서워서 게임을 시작하지도 않으면, 너는 게임 속에서든, 실제 삶 속에서든 가져가는 게 있을까? 시간만 흘려보내는 셈인데."

용주는 다시 생각에 빠진다.

"네가 지금의 삶에 만족한다면, 여기 있어도 괜찮다는 거야. 하지만 너 솔직히 만족해? 단지 미래에 대한 불확실성 때문에 머뭇거리는 걸로 보이는데. 너에게 하고 싶은 말은 뭐든 시작해 보기도 전에 포기하지는 말라는 거지. 일단 해보고 도저히 안 되겠다 싶을 때, 그때 포기해도 늦지 않았다는 거지."

용주는 결국 모든 것에 끝이 존재한다는 생각에, 시도조차 하기 전에 허무함에 빠진 것이다. 나를 죽이지 못하는 고통은 나를 더 강하게 만든다는 니체의 말처럼, 민수는 용주가 두려움을 딛고 새로운 세계로 한 발짝 더 다가갈 때 맞이할 세상과, 얻게 될 삶의 경험치가 그의 삶을 더욱 풍요롭게 만들 거라 짐작한다.

"용주야, 주변에서 빠르게 나간다고 해서 조급해 할 필요 없어. 결혼이나 취업을 인생의 숙제처럼 느끼지 않았으면 좋겠어. 단지 너를 더 사랑하고 알아갈 수 있는 것을 찾고, 그 과정 자체를 즐겼으면 좋겠어."

용주는 다시금 새롭게 마음을 먹는다.

"네, 세계일주 한번 해볼게요!"

민수는 기뻐하며 말한다.

"게임을 하는데 너의 던전에서, 네가 사라지게 되면, 너를 위해 준비된 게임이 존재 의미가 없잖아. 너의 던전에서 이것저것 쓰고 싶었던 스킬도 써보고, 공략도 찾아가며 네가 하고 싶은 플레이를 마음껏 즐겨봐. 그 과정에서 너의 경험치는 계속해서 쌓여갈 테니 말이야."

"머리로는 충분히 이해하면서도, 몸이 쉽게 따라주지 않는 것 같아요. 그럼, 당장 지금 제가 해야 하는 것이 뭘까요?"

그 순간 가게 문을 열고 손님이 들어왔다.

"사장님 아직 영업하나요?"

"그럼요. 아직 영업하죠. 금방 준비해 드릴 테니까 좀 쉬다 가세요."

"매번 감사해요."

민수는 미소를 지으며 답한다.

"생맥주 드실 거죠?"

"네, 부탁드려요."

온통 검은색으로 도배하고, 야광조끼를 걸친 손님이었다. 그의 차림새에서, 용주는 그가 심야에 일하는 사람임을 유추할 수 있었다.

용주는 민수에게 다가가 말한다.

"사장님 저희 이미 다 마감했잖아요."

민수는 천천히 맥주를 따르며 말한다.

"그렇지. 그런데 마침 용주 네게 소개해주고픈 분이어서 말이야."

민수는 자리로 다가가 그에게 용주를 소개했다.

"현석 씨, 늦은 시간에 일하시느라 고생 많으셨어요. 여기는 제가 가장 아끼는 저희 직원 용주예요."

현석은 미소와 함께 손을 내민다.

"반가워요. 저는 배달기사 박현석이라고 합니다."

용주는 공손히 악수를 건네받으며, 말한다.

"안녕하세요. 이용주예요."

현석은 악수가 끝난 후 야광조끼를 벗는다.

"나 좀 봐. 조끼를 벗지도 않았네요."

용주는 미소를 지으며 말한다.

"저도 바쁘게 일하다 보면 가끔은 문 앞까지 앞치마를 차고 갈 때도 있는걸요. 야간에 택배하시나 봐요?"

그는 시원한 맥주를 한잔 마시며 말한다.

"택배는 아니고, 야식을 배달해요. 서울에 혼자 사는 사람들이 많다 보니 수입이 괜찮더라고요. 요즘은 대부분 저녁 배달시켜 먹잖아요."

"맞아요. 저도 그중에 한 명이거든요. 아무래도 집에서 혼자 밥해 먹는다는 게 쉽지 않더라고요. 가족분들은 다 주무시고 있겠네요?"

현석은 시계를 보며 말한다.

"이 시간이면 가족들은 열심히 활동하고 있죠. 아마 지금쯤 점심 먹고 있을걸요?"

용주는 그의 말을 이해할 수 없었다.

"네? 가족들이 한국에 안 계시나요?"

그는 웃으며 말한다.

"맞아요. 와이프랑 딸아이는 지금 미국에 있거든요."

"그러셨구나. 혼자 서울에 살고 계시나 봐요."

"네, 저도 서울에 온 지 얼마 안 됐어요. 그전까지는 여수에 있었죠."

"그러셨군요. 전에는 그럼 여수에서 배달일을 하셨던 건가요?"

"아니요. 그전에는 배달과는 전혀 다른 일을 하고 있었죠."

"전에는 어떤 걸 하셨나요?"

현석은 잠깐의 침묵 후에, 슬며시 이야기를 꺼낸다.

"작은 카페를 운영하고 있었어요. 카페 운영이 제 꿈이었거든요. 물론 지금은 그와는 전혀 다른 일을 하고 있지만요."

용주는 미국에 있는 그의 가족들을 떠올리며 말한다.

"카페는 작았어도 수익이 괜찮으셨나 봐요? 가족들이 미국에 계신 걸 보면 말이죠."

"와이프와 둘이 생활하기 딱 적당한 정도였죠. 다만 한국보다는 미국에서 아이를 키우는 게 훨씬 낫겠다는 생각이 들어서요."

용주는 고개를 끄덕인다.

"그럼요. 어릴 때부터 큰물에서 노는 게, 따님에게 훨씬 낫죠. 미국은 한국이랑 교육방식이 다르던가요?"

현석이 맥주잔을 놓으며 대답한다.

"교육방식도 교육방식이지만, 인식이 다르다는 걸 확실

하게 느낄 수 있더라고요."

"어떤 점에서요?"

"사실 제 딸이 일곱 살인데 안면 장애가 있거든요. 외모부터 남들과 다른 거죠."

순간, 용주는 자신이 실수했다고 느낀다. 그러나, 현석은 괜찮다는 듯한 미소를 지으며 말을 이어갔다.

"괜찮아요. 우리 딸이 잘못한 것도 아닌데요. 다만, 한국은 장애인에 대한 인식이 아직 미숙하다고 봐요."

"미국은 많이 다른가요?"

"미국은 장애인을 불쌍하게 본다거나, 측은하게 보지 않아요. 단지 귀가 잘 들리지 않거나, 다리가 불편할 뿐 비장애인들과 동일 선상에서 바라보고 있죠. 사실 제 딸아이는 겉모습이 남들과 조금 다를 뿐, 같은 나이에 아이들과 다른 점이 없어요. 그러나 비장애인 부모들은, 장애인이라고 하면 아예 귀를 닫아버리죠."

집값이 떨어진다는 이유로, 그곳에 살던 사람들은 특수학교 설립을 반대했다. 겉으로 내세우는 이유는 달랐지만 말이다. 아무렇지 않다는 듯 덤덤히 말하는 현석을 보며, 용주는 착잡해진다.

"그러셨군요."

"한번은 놀이터에 딸아이를 데리고 나간 적이 있었어요. 아니나 다를까 걱정했던 상황이 발생했죠. 딸아이가 그네를 타려고 하자, 옆에서 그네를 타던 아이의 엄마가 달려오더라고요. 그러고는 아이를 채갔죠. 딸아이가 보는 앞에서 이렇게 말하더라고요. 위험하게 이런 곳에 애를 데려오면 어떡하냐고."

자기 자식 귀한 것만 알고, 남의 자식도 귀한 것은 모르는 그녀의 태도에 현석은 분노가 들끓었다. 그러나, 그녀의 딸이 보고 있었기에 그는 아무 말도 하지 않고 참았다.

용주는 현석의 이야기에, 아무 말도 할 수 없었다.

"제 딸도 겉모습만 다를 뿐, 일곱 살 아이들이 느끼는 감정을 그대로 느끼는데 말이죠. 용주 씨도 일곱 살 때 기억이 있으시지요?"

용주는 현석의 이야기를 들으며 화가 치밀어 올랐다.

"아니, 그렇게 못 배워먹은 사람이 있을까."

"장애 자체보다는, 장애를 원망하며 살게 하는 이런 현실이 더 큰 문제더라고요."

현석은 그의 딸이 남들처럼 살아갈 수 없는 환경에 결

국 무릎을 꿇었다. 그는 아내와 몇 번의 상의 끝에 카페를 처분하고, 미국행 티켓을 구했다. 아내와 딸의 것만. 자신의 것으로는 서울행 티켓을 샀다. 그것으로 서울에서 배달기사를 하며 생활비를 벌고 있다.

용주는 현석에게 해줄 말이 떠오르지 않았다.

"적어도 그곳에서는 제 딸을 장애라고 보지는 않거든요. 단지 좀 더 불편한 점이 있다고 볼 뿐이죠."

용주는 이제야 모든 것이 이해된다.

"그 이후로 서울에 올라오신 거군요. 그런데, 서울에서 카페를 차리시면 되지 않나요? 사람들도 많잖아요."

"편의점보다 흔한 게, 서울의 카페더라고요. 여수에 비해 서울은 월세도 비싸고요. 제게는 책임져야 하는 가족들이 있으니, 당장 돈을 벌 수 있는 일을 해야 했죠."

"…."

"일거리를 찾아보니, 야간 배달일은 수입이 괜찮다 하더라고요. 그때부터 시작했죠."

"카페를 포기한 것, 후회는 없으신가요?"

"아쉽기는 하죠. 하지만 카페를 차린 것에 대한 후회도, 포기한 것에 대한 후회도 없어요. 제 꿈도 소중하지만, 저는 딸이 더 소중하거든요."

"따님은 좋겠어요. 이토록 자기를 위하는 아버지를 두
셔서요."

"아닙니다. 용주 씨도 아버지가 되면 이해하실 겁니다.
내 품에서 태어난 아이가 얼마나 소중한지 말이죠. 무엇
보다도 꿈이었던 카페를 이미 직접 차려봤잖아요. 해보지
못했더라면 평생 아쉬움만 남았을 텐데, 해봤기에 아쉬움
은 별로 없더라고요."

"해보지 못했다면 평생 아쉬었을 것 같다"라는 말에, 용
주는 잠시 생각에 잠긴다. 꿈을 향해 달려가 보지도 않고
간직하기만 한다면, 자기 삶에 아쉬움과 후회가 꼬리표처
럼 달라 붙을 것 같아서 말이다.

잠시 침묵이 흐른 뒤에, 현석이 용주에게 묻는다.

"용주 씨는 꿈이 뭔데요?"

용주의 표정이 밝아졌다.

"얼마 전까지는 꿈이 없었는데, 최근에 생겼어요."

"그래요? 그게 뭔데요?"

"세계일주요."

"멋진 꿈인데요. 다녀오시면 조금 더 삶이 풍족해져 있

을 것 같아요. 꼭 이루셨으면 좋겠네요."

　용주는 불현듯 떠오른 고민을 끄집어냈다.

　"그런가요? 저는 다녀오면 스스로에게 빚진 기분일 것 같아서 마음이 무겁네요. 당장에 취업부터 시작해, 결혼까지. 쌓인 과제들이 너무 많다는 생각에 말이죠."

　그는 웃으며 말한다.

　"일단은 하고 보는 거죠. 생각을 비우고 단순해져야 해요. 어떻게든 길은 있더라고요. 결혼하고 가족들도 있는데, 내 꿈을 이룬다고 세계일주를 갈 수 있을까요? 참, 용주 씨 여자친구는 있어요?"

　용주는 고개를 떨구며 답한다.

　"아니요."

　"사랑하는 사람이 있어서 결혼을 하고 싶은 상황도 아니잖아요. 마치 결혼을 적령기에 해내야 할 과제 정도로 여기는 것 같은데요. 용주 씨가 하고 싶은 세계일주도 못해보고 결혼부터 한다면, 결혼하고도 평생 못해본 일에 대한 아쉬움만 남을 것 같은데요. 부부간의 갈등이 생길 때면 아쉬움은 후회가 되고, 또 원망거리가 되겠지요."

　용주는 자신도 모르게 고개를 끄덕였다.

"시간이 지날수록 꿈을 눌러 담게 되거든요. 현실이 두려워서 타협하기도 하고 말이죠. 마지막으로 이 말을 꼭 해드리고 싶네요."

용주는 현석을 바라보며 물었다.

"어떤 말씀인데요?"

"내가 멈춘다고, 시간도 같이 멈춰주는 게 아니라는 겁니다. 용주 씨가 고민하는 시간에도 시간은 계속해서 흘러가고 있어요. 시간이 흐르고, 나이가 들수록 책임져야 할 것은 더 늘어나고요. 그러니 생각은 최대한 단순하게 하고, 일단 실행에 옮기는 것부터가 시작이라 생각해요."

용주는 고민만 하며, 실행도 전에 걱정과 불안이 앞섰던 자기 자신을 떠올린다. 그리고 이제는 정말 행동에 옮겨야겠다고 결심한다.

"오늘 말씀 감사해요. 막연한 꿈이라 생각하고, 꿈을 간직하기만 하려 했는데, 덕분에 한 번 도전할 용기가 생기네요."

현석은 미소를 짓는다.

"제 이야기가 도움이 됐다니 기쁩니다. 저는 이제 들어가 볼게요."

"벌써가시게요?"

"지금 가서 푹 자야, 기운 내서 배달 일을 하지요. 저도 덕분에 즐거웠어요."

용주는 현석을 배웅하고, 멀어지는 그의 뒷모습을 보며 생각했다.

'현석 님. 가족들과 하루빨리 함께 사시게 되길요. 응원 할게요.'

• • •

현석과 대화하던 날, 용주는 집에 오자마자 짐을 챙겼 다. 그에게는 직장생활을 하며 모아둔 결혼자금과 퇴직금 이 있다. 그러니, 일단 떠나보려 한다. 이후의 삶이 어떻 게 펼쳐질지 모르지만. 고민만 한다고 결코 문제가 해결 될 수 없음을 깨달은 것이다.

'한 달 안에 세계일주 떠나기.' 기한을 정하지 않으면 시 간만 흐를 것 같다. 그래서 용주는 한 달이라는 기한을 정 한다. 그리고 그에게 정말 필요한 것이 무엇인지 하나, 둘 찾기 시작한다.

10. 열 번째 밤,
지나고 나면 추억이 될 서울

용주가 승태와 약속한 시간, 한 달이 지났다. 드디어 서로의 버킷리스트를 공개하기로 한 날이다. 그런데, 승태가 아직 오지 않았다. 승태를 기다리던 용주는 고민 끝에 민수에게 말을 꺼낸다.

"사장님, 드릴 말씀이 있어요."

"어, 뭔데?"

"죄송한데, 이번 달까지만 출근해도 괜찮을까요?"

"혹시, 네가 진정으로 하고픈 일을 해보기로 한 거야?"

용주는 용기를 내어 말한다.

"맞아요. 세계일주를 한번, 해보려고요."

민수의 표정이 밝아졌다.

"잘 생각했어."

"감사합니다."

"그럼, 용주야. 송별회 해야지."

"좋아요. 사장님과 함께 일하기를 참 잘한 것 같아요. 대학부터, 직장생활까지 정신없이 흘러간 20대보다 이곳에서 보낸 30대의 시간이 훨씬 가치 있었다는 것을 알 수 있었어요. 꿈도 없었고, 사람을 믿지 못했던 제가 꿈도 생겼고 사람을 믿어볼 마음이 생겼으니까요."

민수가 미소지으며 답한다.

"용주 네가 그렇게 변하기로 마음먹은 덕택이지. 스스로 변화하지 않는 이상, 다른 사람이 사람을 바꿀 순 없거든. 나와 손님들은 너와 대화를 나눈 것뿐이야. 네가 스스로에 대해 돌아보며 생각할 시간을 준 거지."

그 순간 문이 열렸다. 승태였다. 민수가 미소를 지으며 말한다.

"용주가 가장 기다리던 손님이 오셨네. 너의 버킷리스트를 보여드려."

용주가 고개를 끄덕였다.

"감사해요. 사장님."

용주가 반갑게 승태를 맞이한다.

"잘 지내셨어요?"

승태가 미소를 짓는다.

"그럼요. 버킷리스트, 안 잊으셨죠?"

"당연하죠."

"그럼, 한번 들어볼까요?"

용주와 승태는 각자의 버킷리스트를 꺼냈다.

용주의 버킷리스트: 세계일주

승태의 버킷리스트: 딸과 놀이공원 가기

용주는 승태의 버킷리스트를 보며 말한다.

"맞아. 전부터 계속 마음에 걸린다고 하셨죠."

"이것을 적으면서도 고민을 했어요. 놀이공원을 가자고 조르던 건 다섯 살짜리 딸이지, 성인이 된 지금의 딸이 아니거든요."

"그럼 어떻게 하실 생각이세요?"

"어릴 적 놀이공원을 가고 싶다던 다섯 살 딸아이의 순수함은 이제는 찾아볼 수 없어요. 하지만 직장인이 된 딸아이와 직장에서 은퇴한 제가 추억을 만드는 건 가능하잖아요. 그래서 지금이라도 딸과 함께 놀이공원에 가보려

해요. 그때 못했던 말들을 나누려고요."

우리는 영화처럼 시간여행을 할 수 없다. 다시 과거로 시간을 돌려 선택을 바꾸는 것 역시 불가능하다. 승태는 과거에 대해 후회하기보다, 현재 할 수 있는 일들을 찾아보기로 한다.

"그렇군요. 다섯 살 따님과의 추억은 더 이상 만들 수 없지만, 성인이 된 현재 따님과의 추억을 만들지 못할 건 없죠."

승태는 웃으며 답한다.

"네 맞아요. '현재를 즐겨라, 오늘을 붙잡아라(Carpe diem)'는 말이 이제야 조금씩 이해가 되더라고요."

어제에 대한 후회, 내일에 대한 불안으로 오늘을 갉아 먹는 일은 그만두고, 오늘 이 순간에 집중하며 최대한 즐기는 것. 승태는 '현재를 즐겨라'는 말이 활자에 그치지 않고, 살아 숨 쉬는 문장으로 다가오는 경험을 한다.

승태는 용주의 버킷리스트를 보고는 말한다.

"용주 씨는 세계일주?"

용주가 승태를 바라보며 대답한다.

"네, 제가 정말 하고 싶은 게 뭘까 하다가, 세계일주가 생각났어요."

"어떻게 그런 생각을 했어요?"

"이곳 서울의 밤에서 일하는 동안, 다양한 분들의 이야기를 들을 수 있었죠. 손님마다 각자의 이야기, 각자의 밤, 각자가 보내고 있는 세계가 있더라고요. 제가 보는 세계가 결코 전부가 아님을 알 수 있었어요."

"그렇죠. 우린 모두 각자의 소우주를 가지고 있으니깐요."

"조금 더 넓은 세상을 한번 경험해 보고 싶더라고요. 지금도 이곳 서울이라는 도시에서 수많은 일들이 벌어지고 있는데, 우리가 살아가고 있는 지구상에는 또 얼마나 다양한 삶들이 펼쳐져 있겠어요. 그게 궁금해서 가서 한번 경험하고 오려고요."

승태는 용주의 이야기를 듣다가 한 가지 의문에 빠진다.

"근데 용주 씨, 세계일주는 용주 씨가 처음 직장을 나왔던 이유와는 조금 다르지 않아요?"

"뭐가요?"

"직장을 나왔던 이유가 하고 싶은 것을 하는 삶과, 정착하는 삶. 이 두 가지 아니었어요? 세계일주는 하고 싶은 것은 맞는데, 정착과는 거리가 있지 않아요?"

용주는 잠시 생각에 빠진다.

"글쎄요, 제가 직장을 나온 게 하고 싶은 일을 하기 위한 건 맞는데, 정착을 위한 건 아니더라고요."

승태는 그를 바라보며 묻는다.

"그래요?"

용주는 물을 한 모금 마시며 말한다.

"직장에 나와 버킷리스트를 만들며, 하고 싶은 것을 생각했을 때 그냥 세계일주가 떠올랐어요. 세계일주는 승태 씨 말씀처럼 정착하는 삶은 아닌, 떠돌아다녀야 하는 삶이죠. 큰 차이점이 하나 있더라고요."

"그게 뭔데요?

"직장에서 떠돌아다니는 삶, 이동이 잦은 삶은 제가 원해서 하던 이동이 아니었어요. 하지만 세계일주는 제가 원해서 하는 이동이라는 거죠. 어쩌면 정착하고 싶다는 생각은, 직장에서 제 의지나 준비와는 무관하게 여기저기로 이동하면서 생긴 것 같아요."

"…."

"술은 꼭 소주잔에, 소주만 마셔야 한다고 생각하는 사람이 있어요. 그 사람은 뭘 모르고 살까요?"

승태는 웃으며 말한다.

"글쎄요, 일단 소주와 맥주를 섞어 마시는 소맥 맛을 모르겠죠?"

"맞아요. 소주를 맥주와 섞어 마실 수도 있고, 마시는 법은 다양한데요. 그런 다양함에서 얻는 재미를 모르고 살겠지요, 그 사람은요."

"…"

"지금 제 상황도 비슷한 것 같아요. 정착하는 삶을 살겠다고 했다가, 갑자기 세계일주를 떠나겠다는 저를 두고 '팔랑귀'라고 할 수도 있겠죠. 하지만 중요한 건 제 생각이죠. 제 삶이니까요."

승태는 감탄하며 말한다.

"처음 용주 씨를 만났을 때와는 몰라보게 달라지셨네요."

용주가 웃으며 답한다.

"이곳에서 보낸 시간이 길지는 않지만, 짧은 시간 많이 성장했다 생각해요. 그동안 몰랐던 제 자신을 알게 됐으니까요."

"그럼, 세계일주는 언제?"

"다음 달이요. 항공권도 예약했어요."

"추진력이 엄청나신데요."

승태는 용주의 도전이 마치, 자신의 것인양 기뻐한다.

"용주 씨 계획을 듣고 나니, 저도 갑자기 가슴이 두근거리는데요. 딸에게 연락을 해봐야겠어요. 고마워요. 용주씨 덕분에 깨달은 게 있어요."

"어떤 건데요?"

"그동안 저는 설레고, 두근거린다는 감정이 나이들면서 완전히 사라진 줄 알았어요. 하지만 사라진 게 아니더라고요."

"그럼요?"

"저 스스로 사라졌다고 생각한 거예요. 현실과 타협한 거죠. 마음속 아주 깊은 곳에 밀어넣고는, 까맣게 잊고 지낸 거죠. 아주 오래 전 담가 둔 술단지를 찾은 기분이에요. 고마워요. 용주 씨."

승태의 말에, 용주는 뭔가 쑥스러웠다.

"제가 가려던 길을 가려는 것, 그게 다인데요. 버킷리스트를 만들어보자고 제안해 주셔서 제가 감사하죠."

승태는 술잔을 보며 말한다.

"이제 용주 씨를 여기서 볼 날도 얼마 남지 않았군요."

"네. 그건 아쉽지만, 저도 제가 가야 할 길이 있는걸요. 저희는 잠시 각자의 소우주가 돌아가는 과정에서 함께 만나게 된 거죠. 추구하는 방향이 같으니 언젠가는 다시 또 만나지 않을까요?"

"그렇겠죠? 저희의 소우주가 다시 만나는 날을 기약하며, 소주나 한잔하시죠."

용주는 잔을 들어 올리며 말한다.

"좋습니다."

"건배, 세계일주를 위해!"

"놀이공원을 위해, 우리의 버킷리스트를 위해 건배!"

용주와 승태는 서로의 앞날을 기약하며 서로의 소우주를 부딪친다. 그들 모두 자기의 삶에 진심이고, 멈춰있기보다는 한 발짝 더 앞으로 나아가려 한다. 그렇기에 그들은 언젠가 분명 다시 만날 거라는 희망을 품는다.

11. 열한 번째 밤,
서울의 밤을 차린 이유

"사장님, 예전부터 궁금했던 게 있어요."

"뭔데?"

"서울의 밤을 차리신 이유요."

민수가 미소를 지었다.

"용주 너는 내가 왜 서울의 밤을 차렸다고 생각하는데?"

용주가 잠시 머뭇거리더니 말한다.

"음… 정확히는 모르겠지만, 확실히 돈 때문은 아닌 것 같아요. 별로 남는 게 없는 장사 같으니까요."

"반은 맞고, 반은 틀렸어."

용주가 의아한 표정을 짓는다.

"네? 반은 맞고 반은 틀렸다니, 무슨 뜻이에요?"

"수입이 크지는 않지만, 남는 장사긴 하거든. 나한테는 이일이 다른 일보다 의미가 있으니까. 나에게 이 일은 내 삶의 의미와 관련이 깊어."

용주는 민수의 말을 이해하기 어렵다.

"삶의 의미요?"

"맞아. 삶의 의미. 너는 삶의 의미가 뭐라고 생각하니?"

용주는 마음 한구석 불현듯 떠오른 생각을 말로 내뱉었다.

"죽음에 대한 두려움, 아닐까요? 누구든 죽는다는 사실은 변함이 없잖아요. 그 사실을 다 알지만, 죽음에 대한 두려움 때문에 계속 삶을 살아가는 거지 않을까요? 살아가는 것에 대한 두려움보다는 죽음에 대한 두려움이 더 크니 말이죠."

민수는 고개를 끄덕인다.

"그렇게 생각할 수도 있겠구나. 용주 네가 소우주 이야기를 했듯이 각자의 소우주 속에서, 모두가 다른 삶의 의미를 품고 있어. 하지만 삶을 계속 살아가는 이유에 대해 생각하는 사람들은 그렇게 많지는 않아. 주로 인생을 살아가는 데 있어 큰 위기의 순간을 겪을 때, 삶의 의미에 대해 생각하지. 예를 들면 가까운 사람의 죽음이나, 본인이 죽음에 가까울 정도로 크게 한번 다쳐봤을 때 말이야."

"사장님의 소우주 속 삶의 의미는 뭔데요?"

용주는 서울의 밤을 차리기 전까지만 해도, 서울에 회사를 다니며 밤낮없이 일을 했었다. 주말에는 막노동을 했다. 그는 자신이 이토록 열심히 사는데, 좁혀지기는커녕 점점 벌어지는 격차를 원망했다.

세상이 불공평하다고 느낄 때마다, 민수는 더욱 불행해졌다. 결국 그는 불공평을 받아들이기로 했다. 그에게 쉽게 살 방법은 그뿐이었다.

"사장님도 엄청 열심히 사셨군요."

용주는 자신의 삶을 반추하며 말한다.

"삶의 의미에 대해 생각하기보다는 그저 열심히 달려왔지. 내가 뭘 원하는지, 어디를 향해 달리는지도 잘 모른 채. 하루는 새벽에 차를 타고 집에 퇴근하다 교통사고를 크게 당했어. 졸음운전이 문제였지. 뒤에 오던 덤프트럭과 충돌해서, 일주일 동안 혼수상태에 빠졌거든."

용주는 처음 알게 된 사실에, 놀라며 말한다.

"세상에! 지금은 괜찮으세요?"

"후유증으로 아직도 불면이 있어. 밤에 잠도 못 자고 고통받을 바에야 이렇게 나와서 일하는 게 훨씬 낫더라고. 시간이 지나면서 주변 소리도 잘 안 들리기 시작했지. 그래서 귀에 아주 작은 보청기를 달았어."

그제야 용주는 민수의 '귀가 밝은 이유를 알 수 있었다. 그는 수많은 연습을 통해, 듣는 연습을 해왔던 것이다.

"교통사고를 당하면서 크게 느낀 게 있어."

"어떤 건데요?"

"살아있다는 것에 감사하게 되더라고. 당연시 여겼던 것들이, 당연한 게 아니라는 것을 알게 됐거든. 잘 자고, 잘 들릴 때는 전혀 모르고 살았던 당연한 순간들이 결코 당연한 것이 아니라는 것을 알 수 있는 순간이었지. 잃고 나서야 알게 되더라고."

"그러니깐요. 정말 살아있으셔서 천만다행이에요."

"중환자실에서 삶과 죽음을 오가면서 두 달 가까이 보냈지. 그 두 달 동안 한 가지 다짐한 게 있어. 그게 뭔 줄 아니?"

용주는 한참을 고민하다 말한다.

"글쎄요, 다음부터는 무리해서 일하지 말자?"

"전처럼은 살지 말자. 지금까지 살아온 삶을 부정했어. 전에는 내가 뭘 하고 싶은지에 대해서 고민하지도 않고, 그저 회사에서 시키는 일만 하며 내가 살고 싶은 삶을 살지 못했었거든. 주어진 인생을 거꾸로 살아보자고 결심했어."

"주어진 인생을 거꾸로 산다니 그게 무슨 말이에요?"

"우리는 보통 오늘이 삶의 마지막이라 생각하며 살아가지 않잖아. 오늘 하루가 내게 주어진 마지막 하루라면, 밤새 야근하고 있지도 않을 것이고. 삶의 마지막 순간에서 하고 싶은 것들을 생각하며 삶을 살아가는 거지"

"하지만 우리의 자산은 한정되어 있잖아요. 날마다 생에 마지막처럼 산다면 돈이 남아나지 않을걸요?"

"삶의 마지막에 하고 싶은 것이 꼭 소비재가 아니어도 괜찮아. 중요한 것은 시간이지. 얼마나 내게 주어진 마지막 하루를 의미 있게 보내느냐 말이야. 직장생활을 하는 대부분의 우리는 5일을 회사에서 일하고, 나머지 이틀을 보상받고 있어 5일을 하고 싶지 않은 걸 하면서 산다는 게 참 모순적이지 않니? 이틀을 잘 보내기 위해서는 돈이 필요하니깐."

"그건 당연한 사실 아니에요?"

"물론 돈이 필요한 건 사실이야. 하지만 앞서 말했듯 꼭 소비재가 아니어도 괜찮다는 말이야. 스트레스를 받으면 충동적으로 소비를 하게 되거든. 그러나 소비를 통한 만족과, 행복은 오래가지 못해. 유통기한이 짧아."

"그럼, 돈으로 어떤 걸 사야 하는데요?"

"경험을 사야지. 용주가 나보고 브이콘 같다고 하지 않았나?"

"네 맞아요. 브이콘이요. 화려하게 포장돼 있기보다는, 속이 가득 차 보였거든요."

"경험을 사는 것은 브이콘을 사는 것과 비슷하다고 보면 될 거야. 화려한 포장지와 비교해, 겉은 초라해 보일지 몰라도 꺼내 보면 다르거든."

용주는 궁금해하며 묻는다.

"사장님은 어떤 경험을 사셨는데요?"

"나는 이런 술집을 해보고 싶더라고. 퇴근하고 집에 갈 때, 어두운 이 도시의 밤을 누가 밝혀 줬으면 했거든. 낯선 도시의 이방인에게 술친구가 필요했던 것 같아. 어딘가에 어울리지 못하고, 홀로 도시의 밤을 보냈던 나의 결핍은 지금의 나를 이 자리까지 오게 해줬고."

"그런 사연이 있었군요. 그럼, 사장님은 하고 싶은 것을 하면서, 돈도 버는 삶을 살고 계신 거네요?"

용주는 웃으며 답한다.

"그렇다고 볼 수 있지."

"그럼, 행복하세요?"

"언제나 행복하다면 거짓말이지. 월드클래스 손흥민 선수도, 1년 365일 매일 축구를 하는 게 행복할까? 반복되는 일상에서 수없이 지루함을 느꼈을 거야. 오늘과 내일이 사실상 큰 차이가 없거든. 눈을 떠도 반복되는 일상에 하루가 기대되지 않는 거지. 월드클래스가 된 것은 그 모든 것을 참고 그 자리에 올라섰기 때문이고."

"듣고 보니 그렇네요. 그런데 언제나 행복할 수 없다면 직장을 다니나 하고 싶은 것을 하나, 사실상 비슷한 거 아닌가요?"

"하고 싶은 것을 한다는 삶은 삶을 좀 더 주체적으로 살아간다는 것이지. 어딘가 끌려다니는 삶이 아닌, 적어도 내가 하고 싶었던 일을 하고 있으니, 삶의 만족도는 확실히 다를 거고. 무엇보다 내가 살아가고 있는 삶에 감사하게 될 거야."

"정말 소중한 것을, 잃기 전까지는 그 소중함을 모르고 지낸다는 게 참 슬프네요."

민수는 그의 말에 공감하며 말한다.

"참 아이러니한 상황이지? 서울의 밤을 차린 이유 중 하나는 그 소중함에 대해 이야기하고 싶더라고. 나는 잃고 나서야 깨달았지만 적어도 당신들은 그러지 않았으면 좋겠다고 말이야."

용주는 민수와의 대화를 통해 문득 의문이 들었다.

"사장님은 제 나이로 다시 돌아간다면 어떤 걸 해보고 싶으신데요?"

"해보고 싶은 거야 많지! 체력이 가장 강력한 무기였던 그 시기에만 할 수 있는 것들이 분명히 있지. 하지만 용주네 나이로 돌아간다면, 무엇보다 누군가를 미워하며 보냈던 내 시간을 다시 찾고 싶어."

용주는 의아해하며 묻는다.

"누군가를 미워하면 보냈던 시간이요?"

"맞아. 우리는 보통 사람들과 갈등이 생겼을 때, 갈등이 있었던 그 시간만 버려졌다고 생각해. 하지만 이제 와서 생각해 보니 그 이상의 시간을 빼앗기며 살아왔더라고."

"왜요?"

"누군가와 생긴 갈등과 다툼으로 단지 그 시간만이 아닌, 내 하루 전체를 망가뜨리기도 했거든. 그 상황에 도저히 분이 풀리지 않아, 하던 일도 제대로 하지 못했고. 너 역시도 직장에서 생긴 갈등이 퇴근하고도 자꾸 생각나, 다른 일들이 손에 잡히지 않던 경험이 있을 거야."

용주는 민수의 말에 격하게 공감하며 말한다.

"물론이죠. 화가 나서 회식 자리에서도 온종일 그 사람 욕만 하기도 했는 걸요."

민수는 지나고 나서야 알았다. 상대를 용서하는 일은 상대를 위하는 일이 아닌, 자신을 위한 일이라는 것을. 상대에 대한 분노로 자신의 하루를 보내는 것은, 결국 자신의 시간을 계속 상대에게 빼앗기고 있다는 것을 말이다.

용주는 잠시 생각에 잠긴다.

"입에 꺼내고도 싶지 않은 사람을 용서하라는 게 나를 위한 일이라…."

"말은 쉽지만, 행동으로 옮긴다는 것이 그리 쉽지만은 않지. 나도 당시에는 그러지 못했으니까. 하지만 용주 너가 조금씩 용서하게 되는 순간 너에게 주어진 시간을 온전히 너를 위한 시간으로 쓸 수 있을 거야."

용주는 민수의 말을 노트에 받아적는다.

‒ 용서는 나를 위한 일이다.

"일단은 한번 해볼게요. 가장 중요한 것은 실천이니, 세계 일주에 가서도 용서를 꼭 실천해 볼게요."

민수는 환하게 미소 지으며 말한다.

"그래 용주야. 늦었다고 생각할 수 있지만, 누군가는 벌써 이런 사실을 알고 도전하려는 너를 부러워한다는 것을 잊지 않았으면 좋겠어. 늦었다고 생각할 때가 가장 빠를 때야."

용주는 눈을 마주치며 말한다.

"네, 사장님. 꼭 기억할게요."

"이곳에 일하면서, 많은 걸 느낄 수 있었어요. 이곳은 마치 하나의 별자리를 보는 것 같아요."

"별자리? 그게 무슨 의미야?"

"밤하늘을 올려다보면 유난히 밝은 별이 있어요. 그런데 그 별을 보려고, 깜깜한 하늘을 가만히 보고 있으면, 빛나는 별을 주위로 숨어있는 별들이 나타나요. 서울의 밤이 제게는 그랬어요. 인생을 즐기며 사는 사장님의 삶이 궁금해, 가만히 보고 있으니, 사장님을 주위로 수많은 별이 각자의 별에 관해 이야기하고 있었죠."

용주에게는 이 모습이 마치 서울의 밤이라는 하나의 별

자리를 보는 것 같았다. 그리고 자신 역시 반짝이는 별 중 하나임을 기억하려 한다.

민수는 미소를 지으며 말한다.

"고마워! 용주야. 사람을 믿지 못하던 네가, 다시 사람을 믿어볼 용기를 가진다는 것에서 오늘 장사는 다 한 것 같은데?"

"인생이 모순적이더라고요. 사람에게 상처받고 인간관계에 환멸을 느끼던 제가, 다시 사람을 통해 상처를 치유하며, 사람을 다시 믿어볼 용기를 가지려 하는 것을 보면 말이죠."

"어쩔 수 없지. 세상은 원래 모순투성이인 걸!"

12. 열두 번째 밤,
꿈을 찾아 떠나볼게요

서울의 밤에서 보내는, 서울의 마지막 저녁. 늘 다니던 출근길 밤 공기가 오늘따라 특별하게 느껴진다. 내일이면 새벽 버스를 타고 인천공항으로 향한다. 아직 실감이 나지 않는다. 새로운 도전이 설레기도 하면서 조금은 두렵기도 하다. 그러나 지금 떠나지 않으면, 평생 후회를 품은 채 살 것이다. 그 사실을 누구보다 용주 자신이 잘 알고 있다.

민수는 뿌듯함과 아쉬움이 교차한다.

"이제 진짜 가는구나. 같이 일하게 해달라며 찾아온 게 지난 주 같은데."

"그동안 너무 감사했어요. 사장님."

민수는 용주가 지금까지 본 어떤 때보다, 환하게 미소를 짓는다.

"나도 용주 네 덕분에 즐거웠는걸."

"사장님을 만나지 못했다면, 꿈을 꿀 수 있다는 것에 대한 행복과 감사함을 느끼지 못했을 거예요. 제가 꼭 사장님께 진 빚을 갚을게요."

"네가 행복하게 잘 살아주면 돼. 그게 갚는 거야. 꿈을 향해 첫걸음을 떼는 기분이 어때?"

"무섭기도 한데, 처음으로 가슴 뛴다는 게 어떤 건지 알 것 같아요."

민수는 그의 손을 잡으며 말한다.

"지금 느끼는 이 순간의 감정을 잊지 않고 간직했으면 좋겠어. 앞으로 살면서도 말이야."

용주는 그의 눈을 마주 보며 말한다.

"네, 절대 잊지 않을게요."

"밥 먹고 가. 언제 다시 한국 올지 모르잖아. 가기 전에 밥은 먹고 가."

민수는 주방에 들어가 용주를 위한 간촐한 송별회 음식을 준비한다. 주방에서 분주한 소리가 들리더니, 잠시 후 민수는 떡국을 내온다.

"우와! 떡국이군요!"

"식기 전에 맛봐."

용주는 한 숟갈을 뜨고, 감탄하며 말한다.

"사장님이 해준 음식은 모두 한결같이 맛있네요. 여행 가서도 사장님의 안주가 그리울 것 같아요."

"떡국은 새해 첫날에 모든 것이 새로 시작된다는 의미로 먹는 음식이야. 몸과 마음을 깨끗하게 하고자 맑은 물에 흰 떡을 넣어 끓인다고 하더라고."

민수는 자기 그릇에도 떡국을 담는다.

"…."

"아주 예전에, 누군가 내게 이런 말을 하더라고. 20세는 실상 0세라고. 부모의 품을 벗어나 개인이 하고 싶은 대로, 또 주체적으로 삶을 살아볼 수 있는 시기가 이제 시작된 거니 말이야. 그때부터가 자기 인생의 진짜 시작인 거지. 너를 보니 그 말이 떠오르더라고. 용주 너는 이제 10세를 조금 넘긴 것뿐인걸?"

용주는 민수의 말을 듣고 희망이 커지는 걸 느낀다.

"손님의 이야기에, 안주도 이야기를 들려주니 이곳에서 마시는 술은 항상 이야기에 취하게 해요."

이야기가 없는 사람은 어디에도 없다. 우린 모두 각자의 소우주 속에서 자신만의 이야기를 품고 있다. 다만 자

신의 이야기를 생각할 시간이 없을 뿐이다.

"여행 중에도 이곳에서 나눈 이야기들이 잊히지 않을 것 같아요. 힘들 때마다 자꾸만 생각날 것 같은데요."

"용주야, 새로운 여행이 시작될 거야. 물론 모든 게 술처럼 부드럽게 목 안으로 내려갈 수는 없을 거야. 그럴 때마다 기억해주렴. 네가 지금 내딛는 발자국들은 멀리서 바라볼 때, 과거의 네가 그토록 되기를 바라왔던 순간이었다는 것을 말이야. 그 사실을 깨닫는 순간, 네가 어디에 있든 오늘 하루를 여행같이 보낼 수 있을 거야."

• • •

다음날 새벽, 용주는 짐을 챙겨 인천공항으로 향했다. 곁에는 민수가 있었다.

"이제 정말 떠나는구나."

"네. 이제 떠나보려고요."

"떠나기 전에 한 번 안아보자."

민수는 용주를 품에 안은 뒤 등을 토닥이며 말한다.

"가서 많은 걸 느끼고, 배우고 와."

13. 열세 번째 밤,
어서 오세요, 서울의 밤입니다

외로운 서울에 모인 사람들은 저마다 각자의 밤을 보낸다. 누군가는 퇴근 후 밤공기를 맡으며 강변을 따라 걷고, 누군가는 야경을 안주 삼아 치맥으로 허기를 채운다. 우리는 하루하루가 주는 행복을 잊고 산다.

행복이 대단한 것, 대단히 먼 곳에 있는 것이라 생각할지 모른다. 하지만, 그리 대단한 것도, 멀리 있는 것도 아니다. 끊임없이 서로 경쟁하고 비교하고, 그러느라 더 치열하고 때로는 비열해지기도 하는 세상 속에서 행복한 순간을 느끼지 못할 뿐이다.

민수는 손님들과의 소소한 대화 속에서 커다란 사실 하나를 건질 수 있었다. 불면증이 있고, 잘 들리지 않아 보청기를 찬다고 하면 사람들은 민수를 불쌍한, 불행한 사람으로 본다. 그러나 그렇지 않다. 민수는 일상이 선물하는 소중함을 알기 때문이다. 불쌍하지도, 불행하지도 않다. 무엇보다도 민수는 하고 싶은 일을 하며 살고 있기 때문이다.

민수에게 사람들은 연민을 느끼면 느꼈지, 질투하지 않는다. 아이러니하게도 사람들이 질투하는 대상은 보이지 않는 행복보다는, 수치화돼 있는 물질적인 것들이었다. 민수는 한 잔 술을 통해 잠시나마 피곤한 일상에서 벗어나고픈 손님들에게, 피로를 씻는 한 잔 술과 함께 삶의 의미를 한 접시 담아주려 한다.

수많은 손님이 서울이라는 낯선 도시에서 이방인이 된다. 그들은 각자의 방법으로 이곳에 적응해 나간다. 서울이라는 도시는 많은 이들의 바쁜 일상이 톱니바퀴처럼 맞물려, 정신없이 돌아간다.

민수 역시 이곳에서 수많은 손님을 반겼고, 아쉬움과 함께 손님과 작별 인사를 하기도 했다. 만남의 끝에는 어김 없이 이별이 기다리고 있다. 이별은 익숙해지지 않는다. 수많은 이별을 했어도, 여전히 정든 사람들과 작별인사를 하는 일은 쉽지 않다. 민수 역시 사람들을 통해 외로운 도시에 정을 붙이고 있기 때문이다.

민수는 손님들의 믿음을 배신하지 않고, 외로운 도시의

밤을 밝히고 있다. 어둠 속에서 작지만 환하게 빛나는 등
불은 손님들에게 잠시나마 큰 위로가 돼준다.

서울의 밤은 민수에게 없어서는 안 될 소중한 장소다.
그리고, 이제는 이곳을 거쳐간 이들에게서 없어져서는 안
될 소중한 장소가 되고 있다.

어서 오세요. 서울의 밤입니다.
먹는 안주는 네 가지밖에 없습니다.
하지만, 먹는 안주 말고도 다른 것이 있습니다.
그게 뭐냐고요? '듣는 안주'입니다.

이야기가 고프시면, 얼마든지 들어드립니다.
서울의 밤으로 오세요.

작가의 말

낮선 세계에 대한 두려움을 무릅쓰고 서울로 향한 친구에게 선물 받은 글입니다. 그가 없었더라면 이 글을 쓰지 못했을 것입니다. 그 친구에게 먼저 감사를 전합니다. 여전히 마신 양보다 마셔야 할 양이 많은 미생입니다. 술에 취해 도시의 새벽과 친구가 되기도 했고, 지각을 하고 싶지 않아 사무실 소파에서 잠을 청하기도 했습니다.

성인이 되어 사회에 첫발을 내디뎠을 때, 사람들은 너무나도 바쁘게 움직이고 있었습니다.

쳇바퀴처럼 빠르게 돌아가는 삶 속에서 사람들은 많이 지쳐있어 보였습니다. 시간이 지나 그 이야기는 남의 이야기가 아닌 저의 이야기가 되어버렸습니다. 왠지 모르게 중요한 무언가를 놓치며 사는 것 같았습니다. 열심히는 살지만 이유도 모른 채 쫓겨 달리기만 했거든요.

적어도 달리는 이유를 알고 달린다면 같은 상황에서도 다르게 의미를 부여할 수 있지 않을까 하는 생각에 쓰게 된 글입니다.

도시의 사람들은 기쁠 때나 슬플 때나 술을 찾고 있었습니다. 선과 악의 명확한 구분처럼 기쁨과 슬픔은 언제나 대립하고 있다고 생각했습니다. 그러나 술은 마치 기쁨과 슬픔이 뒤섞인 교집합처럼 다가왔습니다. 사람들은 기쁠 때나, 슬플 때나 술과 함께였으니깐요.

사람들이 술 마시면서 하는 이야기를 하나씩 담아보면, 그들의 술안주가 인생을 이야기 해줄 거라는 일말의 희망을 품기 시작했습니다.

그들과 술잔을 부딪치며 배운 인생은 '고진감래'입니다. 삶은 언제나 행복과 불행이 교차하고, 행복만큼 불행도 필수적이라는 사실을 알 수 있었습니다. 불행이 필수적이다는 것을 알게 된 순간부터는 불행을 맞이하더라도 다르게 의미를 부여하기 시작했습니다. 다가올 행복을 위해 필요한 것이라고 말이죠.

제가 쓸 수 있는 글에 8할을 담았습니다. 남겨진 2할은 머릿속을 빠르게 스쳐 지나가 휘발되어 버린 아이디어. 스스로는 이해하지만, 타인에게 글로 풀어서 설명할 자신이 없는 증류되지 못한 철학이 되겠습니다.

완벽하게 글을 쓰기보다는, 부족한 부분들을 보완해 가면서 글을 쓰기로 했습니다.
부족한 점이 있다는 것은 앞으로 더 성장할 수 있다는 일말의 가능성을 선물해 준다고 생각합니다.
마지막으로 전하고 싶은 말은 제 글을 읽어주셔서 감사합니다. 이 땅에 불행해지려고 온 사람은 없다는 것을 기억해 주시고, 삶을 계속 살아주셨으면 합니다.

오늘도 용기를 내어 글을 쓰며, 삶을 탐구해나가 보겠습니다.